鎌倉には青木さんがいる

老舗人力車、昭和から平成を駆けぬける

語り 青木登

装幀／デザイン　古谷　聡

春の風薫る、二の鳥居前。

プロローグ

春の鎌倉は、独特の空気を醸し出す。じんわりとあたためられた潮の香りと花の香りが、やわらかな風に乗って鼻の奥の方をくすぐるのだ。

三月も下旬を過ぎると、旧市街地のメインストリートである若宮大路の沿道では、桜並木が一斉にその花を咲かせる。行き交う観光客も地元の住民も、心なしか穏やかな表情で、風に舞い散る花びらを慈しむように眺めている。

この麗《うら》らかな鎌倉の風景の中に、男の姿があった。

小柄ながらもがっしりとした体躯。藍染《あいぞめ》の半纏《はんてん》に、茄子紺《なすこん》の股引《ももひき》。真っ白なはだし足袋《たび》とのコントラストが、精悍な印象を与える。短かく刈り上げられた白髪混じりの頭には、細くねじった豆絞りがきりりと食い込む。職人然としたその風貌は、一見すると、近寄りがたい雰囲気を漂わせている。と同時に、日焼けした健康そうな顔に刻まれた数多の皺が、長年の経験に基づく確かな信頼感をも物語っている。

男の傍《かたわ》らには、一台の人力車が停まっていた。客席を挟むように位置する大きなふたつの車輪と、平行してまっすぐに伸びる梶棒《かじぼう》。シンプルな構造でありながら、レトロかつモダンなフォルム。黒い車体と赤い座席の鮮やかな取り合わせが、気品の高さをうかがわせる。

男は、自らの分身であるかのような年季の入った人力車を、丁寧に、丁寧に拭いていた。

「これから、ご予約のお客さまをお迎えに行くんです。仕事の合間にはこうやって人力車の手入れをするんですよ」

頑固で気難しそうな顔つきからは想像もできないような、やさしい口調で言う。

「些細なことかもしれませんけれど、心づかいはお客さまに伝わりますからね。鎌倉に来ていただいたからには、良い思い出を持って帰っていただきたいんです」

そう言いながら見せる屈託のない笑顔には、先ほどの近寄りがたかった雰囲気とは打って変わって、どこか親しみやすさを感じずにはいられない。

男の名は、青木登《あおきのぼる》。首都圏有数の観光地である鎌倉で、昭和の頃からずっと個人で営業をしている、現代の車夫だ。

時間さえあれば、こまめに人力車の手入れをする。

青木は、いわばこの分野のパイオニアだ。もはや全国の観光地でメジャーになった感のある人力車だが、彼が開業した頃は鎌倉はおろか、浅草や京都にすら「観光人力車」というものは存在しなかった。日本全国を見渡しても、青木ほどのキャリアを誇る車夫は見当たらない。まさに、人力車界の生ける伝説といっても過言ではないだろう。

道行く観光客に次々と声をかける、いわゆる客引き行為で営業利益をあげようとする車夫が少なくない中で、青木は開業当時から頑なに「客引きをしない」ことを信条としてきた。ともすれば観光客にとって迷惑になりかねない客引き行為は、自らの美学に反する。歴史と文化の街・古都鎌倉の品格を、何よりも大切にしているのだ。

貫禄のある風貌に、礼儀正しくきびきびとした所作も相まって、青木の姿は鎌倉の風景にすっかり溶け込んでいる。これほどのキャリアを誇る車夫が引くのだから、さぞかし値が張るのではないか、と思われるかもしれない。だが、その憶測は間違いだ。同じ鎌倉で営業する同業他社の人力車と比較しても、青木はリーズナブルな価格設定で知られている。自らの地位にあぐらをかくということは、決してしない。

青木は、なおも人力車を拭き続ける。座席の手すりから梶棒、泥除け、ホイールまで入念に拭き上げると車体はピカピカになった。なるほどこれならお客も気持ち良く乗車できるに違いない。

一息ついていた青木のもとに、ふたり組の若い女性がやって来た。

「すみません、乗せてもらってもいいですか?」

青木はちらりと時計に目をやる。予約の時間まで、まだ少し余裕がありそうだ。

「これからご予約がありますのであまり長い時間のご案内はできませんが、それでもよろしいでしょうか?」

申し訳なさそうに青木が言う。

「はい。鎌倉駅までお願いしたいんです」

「ありがとうございます。それでは、若宮大路から鶴岡八幡宮《つるがおかはちまんぐう》を経由しまして、鎌倉駅までご案内いたします」

人力車の座席を持ち上げると、その中はちょっとした収納スペースになっている。

観光案内マップを取り出し、一枚ずつ女性客に渡しながら青木は続けた。

「改めまして、有風亭の青木と申します。本日はよろしくお願いいたします。おふたりとも鎌倉は初めてでいらっしゃいますか――」

軽妙な語り口で鎌倉のことや季節のことなどを話しながら、人力車のフレームに掛けてある踏み台を地面に置き、それを足がかりに乗車するよう促す。ふたりが座席に腰を下ろすと、さりげなく「失礼します」と一礼し、緋色の膝掛けを丁寧にかけた。一連の動作はきわめて手際が良く、その円転自在な接客は、ストレスを微塵も感じさせない。

続いて、これまた鮮やかな緋色の蛇の目《じゃめ》傘を取り出し、ぱっと開いて手渡すと、ふたりの表情がにわかに華やいだ。つられるように、青木も微笑む。

「蛇の目傘を差すと、鎌倉らしい風情が感じられますでしょう。それでは、参ります」

ひょいと梶棒を持ち上げ、軽快な足取りで走り出す。カラカラと回る車輪が桜の花びらを舞い上げながら、人力車は若宮大路を北上していった。

女性客にとって嬉しい、細かい気配り。

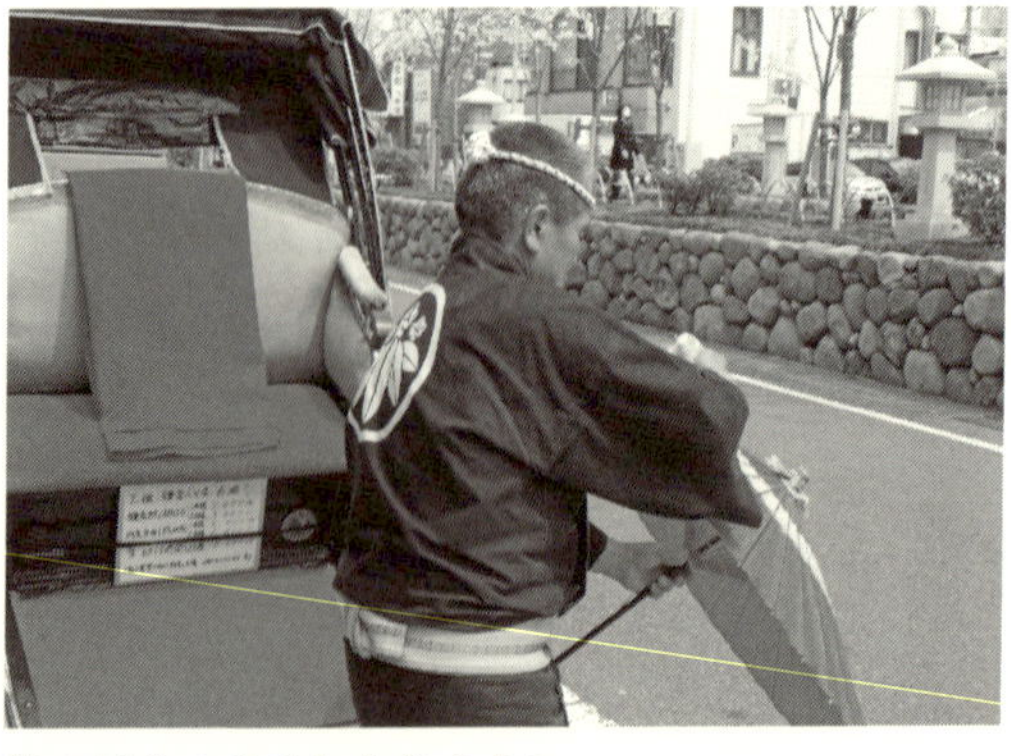

蛇の目傘の手入れも怠らない。

鎌倉を訪れる際には、青木の引く人力車に乗ってみるといい。そのすごさは、車上から体感した者にしか分からないからだ。名所旧跡に関する豊富な知識と細い裏道まで精通した観光案内はもちろんのこと、長年かけて培われた確かな技術は、他の追随を許さない。

鎌倉特有の狭い路地でのすれ違いもお手の物だ。全長二二〇センチメートル、幅一二五センチメートルもある車体を、あたかも体の一部であるかのように操る。その巧みさは、後ろに目でもついているのではないかとさえ思えてしまうほどだ。それでいて自らの技術を過信することはなく、周囲の自動車や歩行者への気配りは決して怠らない。開業以来、無事故無違反を貫いているというのもうなずける。

また、青木の人力車を後ろから見てみると、ほかの人力車にはついている二本の棒状ストッパーがないことに気がつくはずだ。このストッパーの有無で、車夫の腕が分かるという。つまりストッパーがないということは、後ろに転倒するリスクのない、熟達した車夫という証なのだ。

走りは滑らかそのもので、揺れや段差というものをほとんど感じない。それは、まるで雲の上を滑っているかのような、軽やかな乗り心地だ。日常生活では味わうことのできない視点から、流れゆく鎌倉の街並みを眺めてみてほしい。頬をなでるやさしい風とともに、浮世の憂さなどどこかへ消えてしまうことだろう——。

しばらくすると、空になった人力車を引きながら青木が戻ってきた。

「最近はご予約のお客さまが多くて、街中でせっかくお声をかけていただいてもお乗りいただけないことが度々あるんです。今のお客さまは、鎌倉駅までの短い距離をご希望だったのでタイミングが良かったですね」

人力車を停めながらそう言う青木の呼吸は、意外なことに少しも乱れていない。空車でも重さ八十キログラムある車体を引いて、駆け足で戻ってきたとは思えないほどだ。しかし、これは青木にとって特別なことではない。元来、体を動かすことが好きな青木は、十八歳の頃からストレッチと筋力トレーニングを日課としてきた。この仕事を始めてからは体が資本と、暴飲暴食をせず、健康には人一倍気をつかってきた。そのおかげか、これまで一度も病気らしい病気をしたことがないという。

「そろそろ時間です。お迎えに参りましょうか」

そう言うと、若宮大路の中ほどに位置する、昭和レトロの雰囲気が漂う建物へと入っていった。ここは湯浅物産館といい、貝細工の製造と卸販売を行う店舗として昭和十一年に建造された。木造建築の正面側に洋風のファサード（装飾）を施したいわゆる「看板建築」と呼ばれる建物で、現在は内部が改装され土産物屋や喫茶店などが軒を連ねる複合商業施設となっている。意匠の質もきわめて高く、鎌倉市の景観重要建築物に指定されている。

ほどなくして、着物姿の女性とその両親と思しき夫婦を伴って、青木が外に出てきた。ここに入居する写真スタジオでの、成人式の前撮りが今日の仕事だ。スタジオと提携する青木は、お客の要望に応じて、記念撮影に人力車の風情を添える役割を担っている。

新成人を乗せた人力車は湯浅物産館を後にすると、四季折々の花が咲き誇る英勝寺、黒塀の小径《こみち》に桜が映える川喜多映画記念館前、そして鎌倉の象徴ともいえる鶴岡八幡宮を巡り、スタジオ専属のカメラマンによる撮影が各所で行われた。美しい着物姿の女性を乗せた人力車は、道行く観光客や外国人旅行者の注目を一身に集めていた。

家族だけの撮影を終えると、今度は青木と人力車も一緒に記念写真におさまる。重ねた年齢が魅力となっている青木の姿は、まさに鎌倉の品格を体現しているといえよう。

「お客さまの人生の節目に、こうやってお役立てできることは車夫冥利に尽きます。思い出づくりの一環を担っているということでね。責任を感じると同時に、とてもありがたいことだと思っています」

予約が入るのはこうした成人式の前撮りのほか、お宮参り、七五三など多岐に渡る。もちろん、観光目的で鎌倉に来る際の事前予約というケースも多い。

また、結婚式の際に新郎新婦を乗せるという仕事もこれまで数多く引き受けてきた。その数は、実に八、五〇〇組以上にもなる。数が多ければ良いというわけではないが、この街で地道に続けてきたからこそ得られる、信頼感の表れであることは間違いないだろう。

長年のキャリアを誇る青木は、今や鎌倉以外の観光地の車夫たちからも一目置かれる存在である。しかし、その人生は決して順風満帆なものではなかった。

三十五歳までまったく畑違いの分野で会社勤めをしていた青木は、とてつもなく大きな挫折を味わったことで独立を決意する。十分な資金も応援してくれる人もないまま、当時はまだ珍しかった観光人力車をたったひとりで開業した。鎌倉に根を下ろし、少しずつ、少しずつ信用を得て、お客を増やしていった。

街にすっかり定着し、車夫としてベテランの域に達した頃、大手人力車業者が鎌倉に参入してきた。若くたくましいアルバイトスタッフを多数雇い、キャッチまがいの強引な客引き行為、地元商店や住民との軋轢など、数々の問題を起こしてきた。目の前でお客を奪われ、青木の収益も一時、廃業寸前に追い込まれるほどの大打撃を受けた。

しかしそんな問題も、今や青木にとってはどこ吹く風だ。青木には「この街に人力車のある風景をつくったのは、ほかならぬ自分なのだ」という、揺るぎない自信があるからだ。目先の売り上げよりも、どうすればお客に喜んでもらえるか、鎌倉という街をもっと好きになってもらえるか。開業以来一貫して、そればかりを考えながら仕事を続けてきたことが、その自信の源となっている。

だからこそ、鎌倉の街も青木の味方だ。その愚直ともいえる仕事ぶりを長年見てきた地元商店や住民たちとの間に、確固たる信頼関係が築かれている。

青木の引く人力車に乗ると、彼がいかにこの街に愛されているかがよく分かる。ひとたび若宮大路や小町通りを走れば、あちらこちらから声がかかるのだ。地元の人々とのテンポの良いやりとりを見ていると、こちらの気持ちまで温かくなる。まるで、自らも鎌倉という街の一部になったかのような気分に浸ることができるから不思議だ。こうした体験は、鎌倉の街が醸し出す雰囲気と青木の人柄があってこそ、味わえるものなのだろう。

青木と旧知の間柄である、ある和菓子店のオーナーは彼をこう評する。

「ここ鎌倉では有名なんてもんじゃないですよ。みんな、鎌倉のことなら青木さんに聞け、ってね。街のシンボルみたいな存在です」

もしかしたら青木の最大の魅力は、その人懐っこいパーソナリティにあるのかもしれない。建長寺の前宗務総長の言葉を借りれば、彼には「人と人を結びつける何かがある」のだ。

青木のもとを訪れるお客にはリピーターが多く、その何かを求めてやってくる人も多い。また、鎌倉という街そのものに憧れがある人はもちろん、生き方に迷っている人や、癒しを求めてやってくる人もいる。青木には、それらすべてを受け止める懐の深さがある。

青木は、どんな思いを胸に車夫という仕事を始めたのだろうか。これまでにどんな人生を歩んできて、普段どんなことを考えて仕事に取り組んでいるのだろうか。照れくさそうに笑いながらも、青木はその口を開いた。

「自分自身のことなのでとても恥ずかしいんですけれど、私の半生や、この仕事にかける思いについて、お話ししたいと思います――」

昭和五十九年一月。一の鳥居付近にて。

第一章 私の半生

生まれながらの健康優良児

はじめに、私の生い立ちからお話をしましょうか。

生まれは茨城県結城郡八千代町というところの農家で、六人兄弟の五番目です。よく間違われるんですが、鎌倉の出身ではないんですよ。

昭和二十三年三月の生まれですから、団塊の世代ですね。戦争が終わってすぐの頃でしたから、あの当時はまだ農家に人手が足りないということで、私の少し前は子供たちも学校の授業が終わるとすぐ家の手伝いをするような、そんな時代でした。その名残もあって、私は義務教育しか受けていません。

農村の生まれで自給自足で生活するのが当たり前ということもあり、食べるものには困らなかったです。米も野菜も新鮮で美味しいものが毎日食べられましたし、小川や沼に行けば小魚がいっぱいいたんですよ。天然の鰻も獲れました。今考えたらとても恵まれた、ある意味贅沢な環境でしたね。

豊かな自然の中で、ありのままの自然なものを食べて育ったことが、今日の健康の基礎になったんじゃないかなと思います。この仕事は体が資本ですから、健康に産んでくれて、丈夫な体に育ててくれた親にはとても感謝しています。

どういうわけか小さい頃から体力には自信がありましてね。これは後になって聞いた話なんですけれど、私が赤ちゃんの頃、親兄弟が私を籠に入れて畑仕事や家事をしていると、ちょっと目を離した隙に籠がひっくり返っていて、いなくなっているんですって。それで探してみると、段差を越えて土間まで下りて這い這い、ケガひとつなく動き回っているということがしょっちゅうあったそうです。今でも姉たちに会うと、この時を振り返って、「登はやっぱり生まれた時から違ってたんだよねぇ」なんて、笑いながら言われますよ。それくらい、元気な赤ちゃんだったようです。

小学校の時などは元気が有り余っていて、放課後は外を駆けずり回って遊ぶ毎日でした。学校までも遠くて、往復で八キロメートルの距離を歩いて通っていました。そうした生活が、健康な体づくりの役に立ったのかなと、今になって思いますね。

その頃から、運動会にしても球技にしても体を動かすことが得意で、体力だけはほかの子よりも優れているかなという自覚はあったんです。当時、地区で体力測定をして健康優良児を表彰するという制度があったんですけれど、小学六年生の時に学校内でただひとり選抜されて、賞状をもらったんですよ。

また、肩が強かったもんですから、中学時代には結城郡の学校代表として砲丸投げの地区大会に出場して、優勝したこともありました。学校では野球部に入って、ピッチャー、キャッチャーに外野手までやっていたんです。身長もすでに今と同じくらいありましたから、まわりと比べても大きい方でしたね。

だから同級生が鎌倉に訪ねてきても、私のことは体育会系の印象の方が強いみたいですね。久しぶりに会うと決まって昔話になって、「野球やドッチボールがうまかったよね」とか、「ケンカが強かったよね」といったことはよく言われます。勉強は嫌いでしたけれど、体力では誰にも負けていませんでしたね。

集団就職で横浜へ

　そんな腕白少年だった義務教育期間も終わると、中学校卒業と同時に就職しました。当時は高校へ進学する人は三割くらいしかいなくて、残りの七割はみんな就職。都会ではどこも働き手を求めていましたから、「金の卵」なんて言われて、農家の次男坊、三男坊はみんな東京へ働きに出てきたわけです。

　井沢八郎さんの「あゝ上野駅」という歌がありますでしょう。今では上野駅の広小路口を出たところに歌碑がありますけれど、ちょうど私が上京した翌年に発売されたということもあって、とても思い出深い歌なんです。私も東北線に揺られて上野駅に降り立った身ですから、当時のなんとも言えない「イヤだなぁ」という感覚は忘れられないですね。

　働くことに対する不安というよりも、義務教育しか受けていないという負い目みたいなものがありましたね。集団就職が当たり前とはいっても、高学歴の方が社会に出た時に有利というのは分かっていましたから、十五歳で社会人になるというのはこれから大変だなぁという、目に見えないプレッシャーみたいなものは感じていましたね。

上京して、縁故で採用された会社を経てからブリヂストンで働き始めました。あの頃はまだ社会のこともよく分かっていなかったですし、何も疑うことなく、ただ黙々と働いていた気がします。

勤務先は横浜工場で、戸塚区にあったんです。それで、最初の数年は会社の寮に住んでいて、その後に鎌倉の佐助にアパートを借りて住んでいました。その頃から鎌倉という土地には憧れがあったんですよね。元々旅が好きということもあり、観光地としての鎌倉に魅力を感じていましたから。

そういえば、こんなことがありました。横須賀線で鎌倉駅から戸塚駅まで通勤していたんですけれど、ある時、鉄道会社がストライキを起こしたんですね。朝の通勤時間帯から横須賀線が動かないので、ほとんどの人は一旦逗子駅まで下ってから京浜急行に乗り継いで行くところを、私は面倒くさいので走って出勤したんですよ。

今思えばよく走って行ったなぁと思いますけれど、その時はトレーニングの一環という考えもあったんです。何しろ体力には自信がありましたし、中学で始めた野球を会社でも続けていましたからね。

ブリヂストン横浜工場には社会人野球チームがあって、経験者ということで、仕事をしながらも真剣に取り組んでいました。大会が近くなると練習時間も多めにもらえて、もう少しで戸塚区の代表として高松宮杯に出場できるところまでいったこともあるんですよ。

トレーニングというのは、実は十八歳の頃から本格的に始めるようになったんです。そのきっかけは、野球での出来事でした。

チームでの私のポジションは主にピッチャーで、肩が強くて球も速かったんです。打ってはスイッチヒッターでクリーンナップを務め、ホームランもよく打っていました。早い話が、天狗になっていたんですね。

そんな時、練習試合で格下のチームと対戦したことがあって、その中にひとりすごいキャッチャーがいたんです。強肩強打で、球を捕ってから投げるまでがものすごく速い。この人は中学時代に横浜高校の野球部からスカウトが来るほどの実力を持っていたにも関わらず、事情により進学をせずに就職して、会社の同好会でひっそりと野球を続けていたんです。その時の私はそんなことまったく知らずに、大したことないと思っていたら、見事に打たれて負けてしまいました。

これがとてもショックで、自惚《うぬぼ》れはいかん、努力しなければダメだと、考えを改めさせられたんですよね。それで、野球の練習の他にも毎朝のトレーニングや走り込みを欠かさないようになったんです。この時に始めたトレーニングの習慣が、今でも続いているんですから、あの試合で天狗になっていた鼻をへし折られたことには感謝しています。

転職、販売の仕事へ

仕事をしながら大好きな野球を続けられるのはありがたかった一方で、二十五歳になった頃、この生活に疑問を感じるようになってきました。

工場は二十四時間稼動していますから、勤務形態は三交代制で夜勤が回ってくるんですね。つまり、三週間のうち一週間は朝に出勤、次の一週間は夕方に出勤、そしてもう一週間は夜中の十二時に出勤と、この繰り返しです。これは命が縮まるなぁと思いました。

働き始めた頃は夢中でなんとも思っていなかったものの、十年間も続けていると段々と世の中が見えてくるんですよね。それで自分の生活を改めて見つめてみると、この夜勤が段々と苦痛なものに思えてきたんです。徹夜での勤務って平気な人にとってはなんともないのかもしれませんけれど、健康的な生活を常に心がけていた私にとって、睡眠時間が不規則になることが本当に辛く、耐えられなくなってきてしまいました。

それで、長年続けていた野球を辞めることになるのはとても寂しかったんですけれど、健康的に働く方を優先したいということで、気持ちを切り替えてブリヂストンを退職することにしたのです。

退職してからはいくらかの貯蓄や退職金などもありましたから、一ヶ月半ほど北海道をひとり旅して過ごしていました。永六輔さんの影響からか、見知らぬ土地をひとりで歩くことに憧れを抱いていたんですね。

そうやって心身ともにリフレッシュして帰ってきてから、失業保険をもらうために職業安定所、今でいうハローワークへ行きました。失業保険をもらうためには求職活動をしていないといけませんよ、ということで、そこで紹介された婦人服販売店の面接を何の気なしに受けてみたんです。

ちょうどその頃、横浜駅が再開発をしている最中で、西口の相鉄ジョイナスが開業したタイミングだったんですよね。そこに新たな店舗を出店するということで、人手を求めていたところだったんです。

そんなわけですぐに採用が決まり、そろそろ働かなくちゃと考えていたところでもあったので、その会社にお世話になることにしました。

つい一ヶ月半前まで工場で作業着を着て、言葉づかいも粗かった男が、今度はスーツを着てネクタイを締めて「いらっしゃいませ」と頭を下げるんだから、我ながら不思議な気持ちでしたね。当然、接客なんて経験はなかったんですよ。でもいきなり新店舗の売り場主任を任されて、手探りながらも一生懸命に働きました。

元々、人とお話しすることが好きだったので、接客業に抵抗がなかったというのも大きかったと思います。鎌倉のアパートを引き払い、会社が用意してくれた横浜の山手の住居に引っ越して、急な仕事にもすぐに対応するというような生活に変わりました。

その数年後に、今度はハンドバッグの販売店に引き抜かれて、支店長なんかも経験していると、商品の目利きや仕入れ、店舗管理、人材募集など、できる仕事も増えてくるんですよね。そうすると自分には経営者感覚があるんだと変に実力を過信してしまって、独立して会社を興したいと考えるようになっていきました。

今思えば生意気で恥ずかしい限りですけれど、あの頃は高度経済成長期で売り上げも右肩上がりでしたし、なんとかなるという思いが強かったんです。年齢も三十歳手前で、怖いもの知らずでした。

それで、ろくに経営計画も立てずに会社を辞め、コネクションのあった問屋さんとやり取りをして商品を仕入れて、バッグの訪問販売を始めたんです。ところがご想像の通り、いきなりひとりで訪問販売を始めたって門前払いですし、売り上げは芳《かんば》しくありません。これはダメだということで、今度は店舗を構えようと、テナントを借りて改装工事の手はずまで整えてしまいました。この頃は完全に迷走していましたね。

　こうした私の窮状は業界内でもすぐに知れ渡ってしまうんですね。こんな状況でも助け舟を出してくれる人はいるもので、話を耳にしたあるメーカーの方が、バッグの販売店を展開する会社に連れて行ってくれて、「経験もノウハウもある元支店長の方が、独立して訪問販売を始めたんだけど売れなくて困っている」と、私のことを紹介してくれたんです。そこで社長に直接面接をしていただいて、これまでの実績や、給与面などの条件をお話しして採用していただきました。

　そこの会社では千葉県や栃木県の店舗の支店長を経て、静岡県浜松市の店舗へと異動になりました。この浜松での仕事はやりがいがありましたね。支店長として、接客や販売だけでなく商品の仕入れ、従業員の採用に勤怠管理と、裁量の大きな仕事を任されていました。

そして、それまで会社ではブランドバッグの取り扱いというのはなかったんですけれど、ちょうどこの頃個人輸入ができるようになっていて、私は知り合いを通じてヨーロッパからの仕入れルートを開拓したんです。そうして仕入れた高級な輸入品を取り扱うようになったら、これが見事に大当たりです。駅前のホテルの一階に入っている店舗でしたから、客層が良いでしょう。ニーズにぴったりハマって、売り上げはうなぎ上りでした。そしてとうとう、私の浜松店が全支店の中でその年の売り上げトップになったんです。

人生最大のターニングポイント

ところがこれがいけなかった。これがきっかけで、私の人生を変える大きなターニングポイントが訪れることになったのです。

この会社では毎年、年間の売り上げに応じて優秀な成績を残した店舗を表彰する制度がありました。浜松店は売り上げトップでしたから、褒賞としてヨーロッパへの視察旅行に行けることになっていたのです。私は弾むような足取りで、東京で開かれる支店長会議へと赴きました。その席での決算報告で、売り上げの発表と表彰がなされることになっていましたから、うきうき気分で会議に臨んだのです。

しかし、蓋を開けてみると表彰されたのはなぜか売り上げ第二位の八王子店でした。「今年は八王子店が褒賞として視察旅行に行くことになりました」と。理由の説明も、何もありません。

これは相当なショックでしたね。私はわけも分からず、何も言うことができず、ただただ悔しかった。一生懸命仕事をしてきて、売り上げにも貢献したはずなのに、それが全て踏みにじられた思いがしました。支店長会議の後に開催される懇親会にも出席せず、黙って浜松への帰路につきました。

これは後になって知ったことですけれど、当時私は他の先輩支店長よりも高い給与をいただいていたようなんです。給与額は入社時に直接社長との面談で決めていただいたんですけれど、これを良く思わない先輩がいたんでしょうね。それに、この専務という方が社長の息子さんで、親子間の軋轢みたいなものもあったようです。先輩はみな専務に右にならえでしたから、私の味方をしてくれる人は誰もいませんでした。私という人間は、良くも悪くも一本気というか、不器用なものですから、まわりが見えていなかったんですね。ただまっすぐに前を向いて仕事に打ち込んでいた。そんな性格も災いしたのかもしれません。

当時、ことの経緯を耳にしたメーカーの社長さんが、私の会社に苦言を呈してくれたそうです。「こんなことやってるとおたくの会社は潰れてしまいますよ。取引先としても信用できませんよ」と。しかし、この理不尽な仕打ちについて、会社からの説明は一切ありませんでしたね。

とにかく私は打ちのめされてしまい、悔しくて悔しくて、東京から浜松への帰りの新幹線の中でひとり、泣いてしまいました。涙が止まりませんでしたよ。後にも先にも、仕事で泣いたのはあの時だけです。そして、ああもうこんな人間関係に巻き込まれるのは嫌だ、会社に使われるのは二度とごめんだ、と心の底から思いましてね。その新幹線の車中で、会社を辞める決心をしました。

それで浜松に帰ってから翌日出勤すると、朝一番で本部に電話を入れて辞めますと伝えたのです。電話の様子から、本部の人もなんだか分かっていたような感じはしましたね。それでも、後任の支店長が見つかるまでは残ってもらうように言われて、それからおよそ三ヶ月後に退職することとなりました。

この辞めるまでの三ヶ月間は、本当に辛かったです。もう自分はこの会社からいなくなるのが分かっているのに、当然仕事はちゃんとやらなきゃならない。でも心は折れていますから、目標も何もないでしょう。ただ漫然と業務をこなすだけという日々ですよね。従業員にも、支店長会議の前まではヨーロッパ旅行に行けるんだと吹聴していましたから、それがなくなってしまって、話す言葉もありません。恥ずかしいとか申し訳ないという気持ちよりも、ただただ、言葉には表せないほど辛かったですね。

人って、これまで味わったことのないような挫折や、心がポッキリと折られてしまうようなことがあると、自分の人生を見つめ直す契機になると思うんです。私の場合は、この出来事が一番のターニングポイントでした。

こうして会社を辞めようと決心をしたわけですけれど、何をして食べていくか、まったく考えはありませんでした。ただ三ヶ月後に退職するという事実と、人に使われるような仕事に就くのはもうやめておこうという、後ろ向きな決意があるだけです。だからその間ずっと、悶々と悩んで苦しい日々でしたね。次にやりたいことも見つからないし、かといって働かなければ食べていけないしで、ノイローゼになりそうなほど悩んでいました。今振り返っても、あんな思いをする日々は二度とごめんです。

人力車との出会い

転機が訪れたのは、そんなある日のことでした。

その日は従業員の給与管理のために、銀行へ行きました。そこの待合席に置いてある雑誌を何の気なしに手に取って、読むともなく眺めていたんです。たまたまそこで目にしたのが、飛騨高山の観光人力車を紹介する小さな記事でした。

見た瞬間に直感で「これだ!」と閃きました。人力車を引く体力なら自信がある。

観光案内ならば、接客業の経験を生かせる。そして何より、自分の身ひとつで稼ぐことができる——と、頭の中でパズルのピースが次々と組み合わさっていく感じがしました。この時すでに、開業の地は鎌倉にしようという発想まで湧いてきたんです。以前好きで住んでいた古都鎌倉の風景には、人力車がぴったりマッチするんじゃないか、と。

いても立ってもいられず、その日から色々と調べてみると、当時はまだ観光人力車という事業自体がほとんど世に知られていない存在でした。私が雑誌で見た飛騨高山のほかに、倉敷と萩、長崎、あとは愛知県の博物館明治村というテーマパークに車夫がいるのみだったんです。鎌倉はもちろん、京都や浅草にもまだいなかったんですよ。

これはチャンスだ、と思い、早速次の休みの日には飛騨高山へと向かいました。ここでは、地元の旅行代理店さんがアルバイトの車夫を使って、観光客を人力車に乗せて引いているということが分かりました。実際に人力車に乗ってみると、これならできる、いや、自分ならもっと丁寧な接客と案内で観光客に喜んでもらえる、そう確信したんです。

それから退職の日までまだ一ヶ月ほどありましたので、休日や有給休暇を使って飛騨高山のほか、倉敷や博物館明治村へも視察に出かけました。市場調査をするとともに、車を譲ってもらうため、特に飛騨高山へは何度も足を運びましたね。

そしてその旅行代理店さんに頼み込んで、中古で人力車を譲ってもらえることになったんです。当時は新車で買うと一二五万円ほどもしましたから、それだけで貯金が底をついてしまいます。何しろ計画的に退職したわけではありませんから、開業資金もぎりぎりでした。かなりメンテナンスの必要な古い人力車ではありましたけれど、それでも格安で譲ってもらえてありがたかったです。

大きく変わった人生観

これが昭和五十八年の出来事です。当時は脱サラといって会社を辞めて独立する人がものすごくたくさんいて、ほとんどの人はきちんと計画を立てていましたよね。

そして、その中でも廃業に追い込まれることなく生き残った人たちは、みんな自分の仕事に対して無我夢中で、一直線だったんじゃないかと思います。それくらい強い信念がないと、独立しても長くは続けられないですよ。

もしかしたら私の場合、あの時に褒賞としてヨーロッパ旅行に行っていたら、そのまま会社に残っていたかもしれません。もう会社は十数年前に倒産してなくなってしまいましたけれど、私は実力を認めてくれたことに恩義を感じて、倒産するまで頑張っていたと思うんです。

それが予想だにしなかった出来事で心を折られて、開業準備もろくにできないまま辞めることになってしまったわけですけれど、心の奥では「自分ひとりだからなんとかなるんじゃないか」という思いはありました。そんなふうにどこか楽観的だったのが良かったのかもしれないですね。もし理詰めで考えるタイプだったら、人力車の仕事も長くは続かなかったかもしれません。

それと、お金や人生に対する考え方がガラリと変わったという点で、あの出来事は私にとって最大の教訓となりました。それまでは同じ働くなら給料は多い方が良いという人間だったんです。でもあの時以来、たくさんお金を稼ぐことに価値を見出せなくなったんです。それよりも自分が好きだと思える仕事を楽しく続けて、ほどほどの収入が得られれば良い、という考え方に変わっていきました。

だって実際、この仕事を始めたら全然稼げなかったんですから。今でも思いますよ、お金をたくさん稼ぎたかったら車夫なんてやめた方が良いって。でも、好きなんですよね、この仕事が。人力車に出会えて、私は幸せというかラッキーだったと思います。天職って、こういうことを言うんでしょうね。

開業当初の新米車夫姿。屋号はまだない。

第二章　車夫としての歩み

いざ鎌倉

昭和五十八年九月末をもって会社を辞めた私は、すぐに行動を開始しました。翌年の元日から、営業を開始しようと決めていたんです。だから開業準備をする時間はあるようで、ほとんどなかったですね。

それに、いきなり会社を辞めることになりましたから、開業資金もろくにない中で人力車の購入と輸送、引っ越し費用、当面の生活費などで、貯金はどんどんなくなっていきます。のんびりしている暇はなかったですよ。でもやると決めた以上はもう後戻りもできないし、自分はこれで食べていくんだという決意の方が強かったですね。

退職してからすぐに鎌倉へ引っ越してきたんですけれど、実はこの時、家探しではちょっと苦労しましてね。最初に小袋谷のあたりで見つけた雰囲気の良いアパートは、大家さんから「収入が不安定な人に貸すことはできません」と言われてしまいました。

そりゃそうですよね、これから仕事を始めるって言ったたって、その仕事が観光人力車だなんてよく分からない職業なもんですから、貸す方はきちんと家賃を入れてくれるのか不安だったと思います。何しろ前例がないわけですから、無理もありません。

そうやって断られたり、そもそも人力車を停めておくスペースがなかったりと、なかなか条件に合う物件がないんです。何軒目かでようやく、建長寺さんの近くに部屋を貸してくれるところが見つかって、十月の半ばに引っ越してきました。ここは大家さんも理解のある方で、後に雪ノ下に移ってくるまでの、およそ二十七年間お世話になりました。

住むところも決まって、最後にもう一度飛騨高山へ行き、人力車を輸送してもらう手はずを整えました。何しろ物が大きいですし、私のためにそれ一台だけ運んでもらうんじゃあ輸送費がものすごく高くついてしまいます。それで、スケジュールは運送業者さんにお任せで、トラックの中に、大勢の方の様々な荷物と一緒に積んでもらったんですね。えらく遠回りをしてから関東方面にやってくるだろうということで、到着を気長に待つことにしました。

その間にも、開業準備としてやることはいっぱいあります。まずは体力がないと この仕事は続けられませんから、体づくりを心がけました。先にお話したように、十八歳の時に野球で挫折を味わって以来ずっと、趣味としてトレーニングは続けていましたけれど、さらに人力車を引くために必要な筋力づくりもトレーニングメニューにプラスしたんです。

次に、鎌倉の地理と歴史の勉強です。以前鎌倉に住んでいたことがあるとはいえ、お客さまをご案内できるほど熟知していたわけではありませんでした。だから実際に自分の足で各方面を歩いてみたり、本を読んで勉強したりもしました。それと同時に、ご案内するコースと料金も設定しました。

開業前から、拠点は円覚寺さんを中心とする北鎌倉周辺と決めていたんです。最もにぎわいを見せるのは鎌倉駅から八幡《はちまん》さま（鶴岡八幡宮）周辺ではあるんですけれど、この当時から横須賀線で東京方面から鎌倉にいらっしゃるお客さまはひとつ手前の北鎌倉駅で降りて、そこから歩いて散策するという方が多かったんですよ。

それに、一番「鎌倉らしい雰囲気」が漂う場所というのは北鎌倉だと思うんです。私はかつて佐助に住んでいた頃から、北鎌倉という土地にすごく惹かれていたんですよ。歩いて回れる範囲内に建長寺さん、円覚寺さん、浄智寺さんと、鎌倉五山のうちの三山がありますし、四季折々の花が楽しめる名刹がいくつもあります。緑も豊富で高い建物がないので、景観もとても良いんです。今でも、当時の雰囲気とほとんど変わらないでしょう。この「変わらない」というのが、自分のコンセプトに通じるものがあって良いんですよね。

ひとりぼっちの開業準備

そうこうしているうちに、年の瀬が近づいてきました。ところが、配送をお願いしていた人力車がまだ届きません。もう二ヶ月近くも経つというのに、これには焦りましたね。会社を辞めてからずっと無収入で、人力車がないと稼ぐこともできないですからね。

ようやく到着したのが、十二月も中旬を過ぎた頃でした。この人力車というのが、格安で譲ってもらった中古ということは承知していたんですけれど、その中でもどうやら一番状態が悪いのが来たようなんです。もうすでにボロボロ。それで、北鎌倉にある三嶋屋鍛冶工房さんにお願いして、溶接してもらったりして、なんとか使えるようになりました。

それでも開業後には故障続きで、しょっちゅう自転車屋さんに持っていってタイヤだとかチューブだとか修理してもらっていました。もう、営業しているのか修理しているのか分からないくらい、頻繁にどこか傷んでいましたね。でもそのおかげで、自転屋さんと仲良くなれたりもしましたので、怪我の功名かもしれません。

そんなこんなで、ようやく人力車の準備ができたわけですけれど、今度はこれを引く練習をしなければなりません。近くにお手本になるような人も、教えてくれる人もいないですし、もちろんマニュアルなんてありません。完全に独学です。

ただ退職前の市場調査で飛騨高山や明治村に行き、実際に乗ってみて、つぶさに観察した時に気がついたことはたくさんありました。

例えば、明治村は道幅の狭い下り坂があるんですけれど、下る時でも車夫の姿勢が、平坦な道の時と変わらないんですよね。

上りは梶棒を水平に保ったまま、力で引けばなんとかなります。ところが下りは、乗っているお客さまの重みで車輪の回転が増すんです。そうすると勝手に車輪が前に進むので、車体を腕の力で引きつけて後方に制御しながら、足を前に進める。上半身と下半身で力を入れる方向が逆になっているんですよね。結構なコツがいるな、と思いました。

最初は空車で、家の周りや想定したコースを何度も、何度も、上り、下りと、練習しました。だいぶ要領をつかんできたところで、今度は実際に人を乗せての練習をしなければなりません。そこで、円覚寺さんの境内にある幼稚園へ行き、お迎えに来ているお母さま方にご協力いただいたんです。

「今度人力車を始めることになりました青木です。今研修期間中で、お代はいただきませんから人力車に乗っていただけませんか」

そうお願いすると、物珍しさもあったと思うんですけれど、みなさん快く協力してくださいました。北鎌倉駅周辺を回ったり、明月院さんの方まで行ったりと、元日の開業を迎えるまでの約二週間、そうやって練習を重ねていったわけです。

　これは練習をお願いすると同時に、実は地域の方々へのご挨拶の意味も兼ねていたんです。開業するにあたって、私は他所から来て、ここ鎌倉で仕事をさせてもらうわけですから、ある種の礼儀ですよね。

　それから、近隣の商店さんや、市役所、警察署にもご挨拶にうかがいました。人力車は道路交通法上、軽車両に分類されますから、もちろん運転免許はいりません。お客さまを乗せて走るのに、営業許可も不要です。

　だから役所の方も警察の方も、ポカンとしていたと思いますよ。よく分からない男が、これまたよく分からない仕事を始めますって挨拶に来たもんですから。でも私は自分の性格上、こういうことはきちんとしていないと嫌なんです。観光人力車といっても、観光客の方々からお金さえいただければそれで良い、というわけにはいきません。地域に住む方々、そこで働いている方々みなさんのご理解をいただいて、信頼関係を築いていくこと。これが何より大切だという思いがあったんです。

開業初日

こうして慌ただしく年の瀬も過ぎていき、いよいよ開業する日を迎えることとなりました。前日である大晦日の夜は、もちろん嬉しさもありましたけれど、「やらなければいけない」という決意の方が勝っていましたね。

貯金もほぼ底をついていましたし、身寄りのいない鎌倉へひとりきりでやってきたわけですから、応援してくれる人も背中を押してくれる人もいません。まわりで誰もやっていない仕事を、自分ひとりで始めて、確立させなければいけない。まさに背水の陣です。そういう決意みたいなものの方が強くて、楽しみとか不安とか、特別な感情が沸き起こる余地はなかったんじゃないかなと思います。

元日の朝はぱっちりと目が覚めて、いつものように顔を洗い、九時に北鎌倉の円覚寺さんの前に到着しました。お正月の鎌倉というのは毎年ものすごい人出なんですけれど、この時も通りにまで人が溢れていて、人力車を引いて移動するのにすごく神経をつかった記憶があります。

円覚寺さんの山門のところに人力車を停めて、前日の夜に準備しておいた料金表を置けば営業開始です。さぁどこからでもいらっしゃい！

――と言いたいところだったんですけれど、しばらく経っても、誰ひとりとして乗っていただけないんですよ。みなさん、珍しいものを見る目で通り過ぎていくだけなんです。乗りたいなんていう人は、まず現れませんでした。

私の営業方針は、この頃から一貫して「客待ち」のスタイルなんです。「乗りたい方にだけ乗っていただくのが一番だ」という考えです。積極的に声をかけたり、強引に客引きをしたりというのは一切しません。

お客さまはたくさんいらっしゃるのに、こんな状況ではほとんど売り上げが立たない、ということはなんとなく予想していましたから、実は、ポラロイドカメラとフィルムをあらかじめ用意していたんです。

人力車そのものがまだ珍しくて、初めて実物を見るという方がほとんどでしたから、みんな興味はあるんですよね。でも恥ずかしさもあってか、なかなか乗せてくださいという話にまではならない。

そんな方には一枚七百円で、人力車と一緒に記念写真を撮影してその場でお土産として差し上げることにしたんです。ちょうどあの頃、使い捨てカメラを持っている方もたくさんいらっしゃいましたから、それで撮影してあげたりもしました。走るのは抵抗があるので、座席に座って写真だけ撮ったり。サービスで、ちょっと人力車を引いてあげたりもしました。

これが大変喜ばれましてね。お正月の売り上げは、人力車よりも写真撮影の方が多いくらいでした。とにかく、実際に乗っていただけないにしても、「鎌倉の人力車」というものを認知してもらうには、役に立ったんじゃないかなと思います。

メディアの取材を受けるも…

松の内も明けて初詣の参拝者が一段落すると、人出は減るんですけれど、ぽつぽつと乗っていただける方は増えてきました。それでも本当に、ぽつぽつと、です。

そんな中どこで聞きつけたのか、新聞社や雑誌社からの取材依頼が一度に六件も来ました。それでは、ということで相談して日にちを決めて、六社合同で取材に応じることになったんです。その取材内容が紙面を飾ったのが、成人式の日となる一月十五日です。すると今度は、それを目にしたテレビ局からの取材が相次ぎました。内心、これはチャンスかもしれないぞ、と思いましたね。特にテレビの影響力というのは大きいですから、よりたくさんの方々に乗っていただけるんじゃないか、とね。

なんだか話がうまい方向へ転がっていくかのように聞こえるかもしれませんけれど、実際はそうではなかったんです。

確かに、テレビが放映された後はお客さまがたくさんいらっしゃいました。日に何度も声をかけられて、もう質問攻めです。何しろ東日本ではここ鎌倉以外に観光人力車というものがなかった時代で、物珍しさでいったら随一ですからね。それなのに、全然乗っていただけないんです。声をかけていただいた方にそれとなく勧めても、みんな逃げちゃうんですよ。

よく考えたら当たり前かもしれませんね。当時まだ人力車が珍しかったということとは、人力車に乗ったことのある人だってほぼ皆無だったわけです。まわりから好奇の目にさらされることは明らかですし、恥ずかしさの方が勝ってしまうのも無理のない話です。

そんな状況ですから、乗っていただける方も、一日に一組か二組ほど。これじゃあ、とても食べていくことはできません。始めて間もない頃だから売り上げが少ないのは覚悟していましたけれど、これは自分の想像を遥かに下回るほどでした。

それに、この年の冬は雪の降る日が十八日もあったんです。開業したばかりの、一番大変な時期に雪ばかりだったのでよく覚えています。「なにもこの大変な時に、雪まで降ることないじゃないか！」ってね。

頑張って雪の降る中も人力車を引きましたけれど、さすがに積もるような日になると、交通安全の面から営業はお休みせざるを得ません。これはもう自分に課せられた試練だと思いましたね。決して順風満帆な船出というわけではなかったんです。

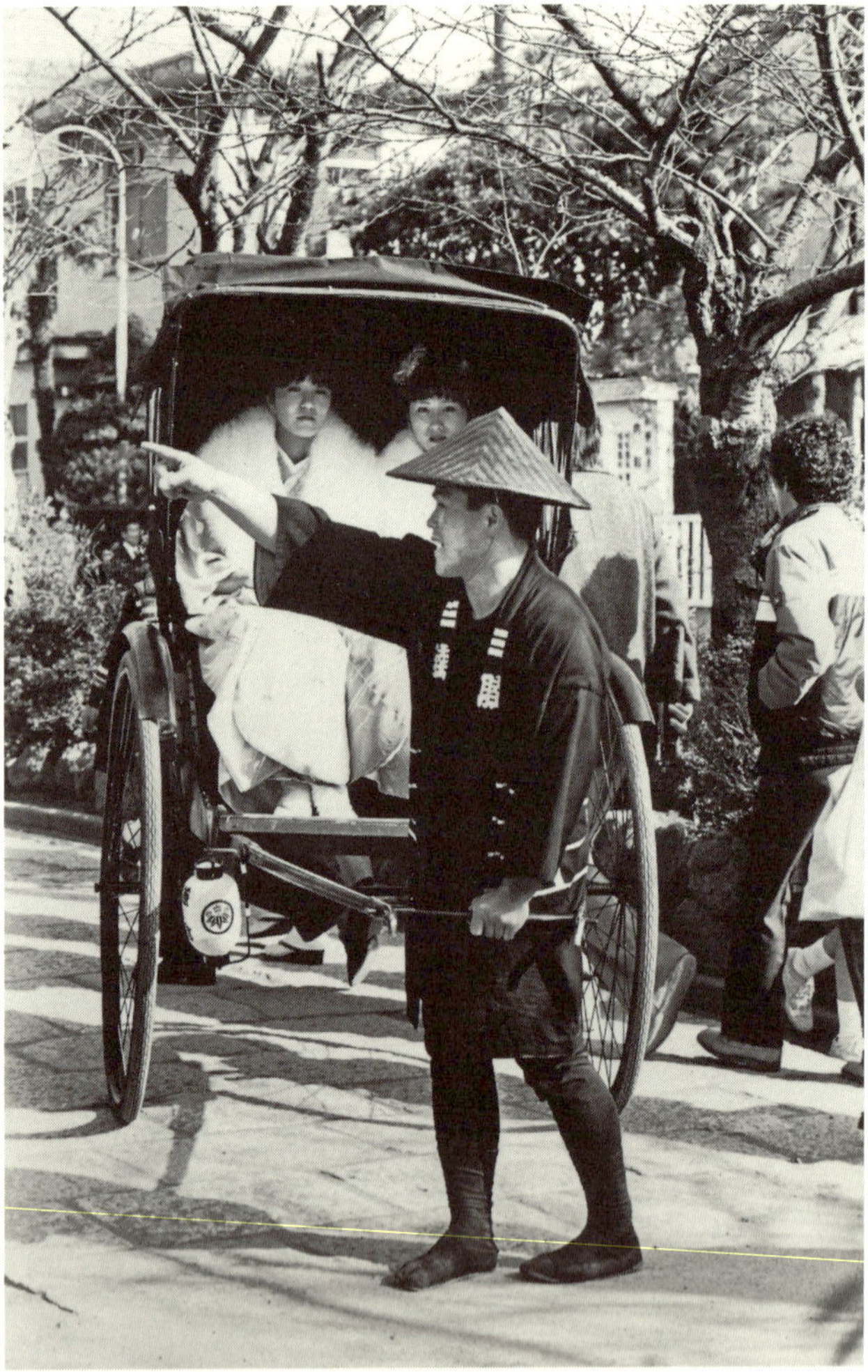

昭和五十九年、成人の日。段葛をご案内。

アルバイトとの二重生活

北鎌倉のお隣、大船駅近くにあった「紅薔薇」という喫茶店のオーナーさんと知り合ったのは、生活に焦りが見え始めてきた頃のことでした。この方は北鎌倉にある明月院さんの奥にお住まいで、円覚寺さんの前で客待ちしているとよくお会いしたんです。

ある日、世間話をしている時に私の収入の話になったんです。そうしたらそのオーナーさんが「大変ですねぇ」と同情してくださって。それで、「今うちのお店の人手が足りないから、夜だけでも働いてみませんか」というお話をいただいたんです。このままでは生活が困窮するのは目に見えていましたから、ありがたくお誘いを受けることにしました。

それからの毎日は、朝から夕方まで人力車を引いて、一度帰ってからお風呂に入り、今度は喫茶店で午後六時から午後十一時までウェイターとして働くという日々です。こんな生活が一年間ほど続きました。自分でもよくやったなぁと思います。

でもね、その時は確かに大変ではあったんですけれど、今振り返ってみると良い思い出なんですよね。元々の性格が単純というか、あまり深く考え込まない性分ですから、喫茶店の仕事もとにかく一生懸命やるだけだったんです。ありがたいことに、オーナーさんからお客さまを紹介していただいたり、喫茶店にいらした方が後日、人力車に乗りに来てくださったりと、数少ない売り上げの一助にもなりました。だからどんな仕事でも、一生懸命やるってのは大切なことなんですよね。

それに、人力車の仕事に慣れてくるにつれて、今度は「どうしたらもっと上手く引くことができるだろう。どうしたらもっとお客さまに快適に、楽しんで乗っていただけるだろう」と、そればかり追求していました。

こうなると、人力車を引くことがどんどんおもしろくなってきて、確かに生活の面では苦しかったんですけれど、ただこの仕事を続けていられるだけで幸せだ、と思うようになっていたんです。だから辛い思いというのはなく、ただ前を向いて頑張ることができたんだと思います。

北鎌倉にて。とにかく必死の毎日だった。

前を見るしかないんだ

徐々に人力車を引くことに自信がついてくると、北鎌倉から巨福呂坂切通《こぶくろざかきりどお》しを越えて、八幡さまや小町通りの方へ足を伸ばすことも多くなっていきました。こちらは落ち着いた雰囲気の北鎌倉とは違い、鎌倉観光の中心地ともいえるにぎわいですから、商店さんの数も、人通りも注目度も、全然違うわけです。

そうなると、あからさまに馬鹿にする人がいたり、後ろ指をさされることも多くなりました。「どうせ数ヶ月ももたないだろう」とわざと聞こえるように言ってくる人や、「ほらほら、ちゃんと勉強しないとああいう仕事しかできなくなるんだよ」と子供に言い聞かせる声なんかも聞こえてきました。「何が楽しくて車引きなんか始めたんだい」と露骨に聞いてくる人もいたくらいです。

でも、そうした声は全然気にしていませんでした。そういうことを言われるのは当たり前だと思っていましたから、怒りも湧いてきません。だって前例のない、まだ誰もやっていない仕事を始めたわけですから、そういう目で見られるのは当然ですよね。パイオニアというのは、みんなそうだと思います。まわりの声を気にして、横を見たり後ろを見たりしている余裕なんてないんです。ただ前を見て、無我夢中でやるしかないと思っていましたからね。

創業当初から、私にはここ鎌倉で、人力車の文化を根づかせるんだという信念があったんです。そのためには、地元の方々や観光客の方々からの信用を得ることが何より大事だと考えていました。

だからご飯を食べるにしてもお茶を飲むにしても、地元のお店さんを必ず利用しています。実際に自分の舌で確かめることで、お客さまにもおすすめできますよね。それに、鎌倉でいただいた収入を鎌倉に還元するのは当然のことだと考えています。微力ではありますけれど、そうやって街の経済に貢献したいんです。

そして、毎日規則正しい生活をして、観光客の方々のお役に立てるような仕事をしていくこと。信用というものは一朝一夕では得られないですし、お金で買うことなんてできやしません。ましてや目先の売り上げばかりにとらわれていたら、絶対

鎌倉駅前を走る。

に信用なんて得られないですよ。

鎌倉に人力車の文化を根づかせるためには、この仕事を一年でも、一日でも長く続けて、定着させることが大事だと考えていました。そのためには、自身の体調管理に気をつかうのはもちろん、「本物の」車夫にならなければいけないと考えていたんです。

まず、乗りたい方だけに乗っていただく。これが、今でも貫いている「客引きをしない」ということなんですよね。そして価格もリーズナブルに設定して、いつも変わらない服装できちっとしていること。要するに、いつでも藍染の半纏をピシッと着るというのは、私にとってのユニフォーム、正装なんです。服装が毎日バラバラだったり、だらしなかったりしたら、お客さまに対して失礼でしょう。

そうやって、日々同じスタイルでこつこつと営業を続けていくことで初めて信用も得られますし、文化として根づいていくと考えたんです。このスタイルは今でももちろん変わっていません。この「変わらない」ということが、私は一番大事だと思います。

「有風亭《ゆうふうてい》」誕生

服装のお話が出ましたけれど、開業してから最初の何ヶ月かは浅草で買ってきた藍染の祭半纏《まつりばんてん》を着ていたんです。三に睦《むつみ》って書いてある、吊るしの祭半纏ですね。まだ屋号も決まっていませんでしたし、準備時間もお金もないしで、とりあえずはこれで我慢していたんです。

屋号については、鎌倉でこの仕事をやると決めた時から、名づけていただきたい方がいました。その方が、鎌倉在住で詩人の崎南海子《さきなみこ》さんです。崎さんは、永六輔さんがTBSラジオでやっていた「誰かとどこかで」という番組の構成作家をやっていらっしゃいました。私は毎日この番組を聴いていましたので、永さん同様、崎さんにも尊敬と憧れを抱いていたんです。

この崎さんのお母さまが、小町通りにある「くるみ」さんという甘味処を経営されていたんですね。私は以前鎌倉に住んでいた頃によく通っていましたので、お店には崎さんご自身が度々いらっしゃるということも分かっていました。でももちろん、その時は崎さんとも、お母さまとも面識なんてなかったんですよ。

それで、飛び込みでお店を訪ねて、まずはあんみつをいただきながら、お母さまにお話ししたんです。自分は鎌倉で人力車を始めたばかりの者で、永六輔さんの大ファンであること。そして崎南海子さんのお名前も毎日ラジオで聴いていること。ついては、私の屋号の名づけ親になっていただけませんか、ということでね。幸い、この日は奥に崎さんがいらしていて、お母さまが呼んできてくださったんです。

今思えばすごく非常識というか、厚かましい話ですよね。「大ファンなんです」と言えばなんとかなると思っていたんですから。どこの馬の骨とも分からない男がいきなり来たかと思ったら無茶なお願いをして、普通だったら怒りますよ。それでも崎さんは怒ることもなく、「そうですか。でも、少し時間をいただけますか」とおっしゃって、その日はそれで終わりました。

この頃は、毎日のように「くるみ」さんへ通っていましたね。お母さまもすごく面倒見の良い方で、「仕事柄、事故に遭ったら大変だ」ということで保険屋さんを紹介していただいたりね。「雰囲気がぴったりだから、どうぞお店の前に人力車を停めて休んでいってくださいね」と言ってくださったり。通っているうちに打ち解けてきて、ずっとお世話になっていましたね。

それからしばらく経ったある日に、崎さんから三枚の書きつけをいただきました。そこにはひとつずつ、屋号が書いてあって、この中でどれが良いですか、ということで、選ばせていただいたのが「有風亭」なんです。

この時の案は三つとも「亭」がついていて、私もその意図を崎さんにうかがったんです。普通、「亭」というのはお店などの建物につけるものだと思っていましたから。

すると崎さんは、「たとえお店を構えずひとりでやる仕事でも、人力車と、車夫と、お客さまとで、ひとつの館を構えるのと同じなんです」というようなこと教えてくださいました。やはり生きた言葉を使うお仕事をされている方は違うなぁと、感心させられましたね。

それに、「人力車が走ると風が有る」という、なんとも風情を感じさせる素晴らしい言葉だと思い、そちらを屋号としてつけさせていただきました。「有風亭」は、もう私の名前そのもの、体の一部だと思っています。

こうして屋号が決まってから、小町通りにある老舗呉服店「せいた」さんに半纏を注文しに行きました。襟に「有風亭」、背中には、丸に笹竜胆《ささりんどう》の紋が入った半纏です。こちらの「せいた」さんも、崎さんのお母さまにご紹介いただいたんです。

出来上がったのはちょうど、鎌倉の初夏の風物詩ともいえる、あじさいの花が色づき始める頃でした。それはもう、嬉しくて嬉しくて。決して安くはない品ですし、経済的には厳しかったんですけれど、この半纏のためにはご飯を何食か抜いたって構わないと思っていました。それだけに、初めて自分のオリジナル半纏に袖を通した時の感動は忘れられないですね。身の引き締まる思いがしたものです。以来ずっと、有風亭の半纏は「せいた」さんにお願いしています。

愛用の半纏。毎年新調している。

結婚式のお仕事

入梅の時期を迎え、あじさいの花が色づいてくると、鎌倉の街はにわかににぎわいを見せるようになってきます。明月院さんはあじさいが有名ですからね。円覚寺さんから明月院さんまで、お花目当てで乗っていただけるお客さまが一気に増えました。

若宮大路にある鶴ヶ岡会館《つるがおかかいかん》さんから結婚式のお話を初めていただいたのも、開業一年目のちょうどこの時期だったかと思います。

今でもそうですけれど、結婚式を挙げる新郎新婦さんは若宮大路の中ほど、段葛を歩いて八幡さままで向かうんですよね。それを人力車で行きたいという要望が新郎新婦さんの方から鶴ヶ岡会館さんにあって、私にお声がかかったというわけです。確か新郎さんが、扇ガ谷《おうぎがやつ》にお住まいの方だったと思うんですけれど、人力車を引く私の姿をどこかで見てくださっていたんでしょうね。認知していただけているという、そのことが嬉しかったですねぇ。

こうして始まった結婚式のお仕事は、一年目はわずかに六組でしたけれど、二年目は二十五組くらい、三年目には四十組くらい、と年ごとにどんどん増えていきました。ご利用いただいた方々からは大変ご好評をいただいていましたから、ほかの方におすすめしてくださったりもしたみたいです。やはり晴れ着姿だと普段よりも人力車に乗るのに抵抗がなくなるでしょうし、一生に一度の晴れ舞台を特別に演出したい、という思いもありますよね。

結婚式の際に人力車に乗りたい、というご要望が増えてくると、鶴ヶ岡会館さんの方でも放ってはおけなくなったようです。それで、今度は正式に契約をしましょうというお話をいただくことになりました。メニューの中に組み込んで、プランナーさんの方から、新郎新婦さんにおすすめをしていただけるようになったんです。これが四年目のことで、年間で一二〇組にまでなったんです。

それと比例して、観光でいらっしゃるお客さまにも私の人力車が次第に浸透してきて、通常の営業でもお乗りいただけることが増えていきました。ようやく、事業として軌道に乗ってきた頃ですね。観光案内と結婚式とで、売り上げが半々くらい

鶴岡八幡宮の太鼓橋前。おふたりの幸せを願って。

になりました。

不思議なものでね、こうしたお仕事も、自分から売り込みにいったわけではないんですよ。私の姿を見てくださった方がいて、口コミで広まっていって。これもご縁なんでしょうかね。

とにかく開業して数年は信用を得るのが第一だと、それればかり考えていたのが良かったのかもしれません。地道に努力して続けていれば、見る人はどこかで見てくれているんだと、実感した出来事でもあります。

草津とのご縁

良いご縁というのは続くもので、ちょうどこの頃から夏の間だけ限定で、草津温泉での営業を始めることになったんです。これは今でも続いていて、もう三十年以上になります。

きっかけは、「和風村」といって、草津温泉の老舗旅館十五軒が集まって立ち上げた団体があるんですけれど、そこの方々が新しいイベントを始めようということで考案したのが人力車だったんです。

それでまずは新車で人力車を製造してから、さてこれを誰に引いてもらおうかということで、製造メーカーの社長さんに「誰か車夫さんを紹介してくれませんか」とお願いしたところ、「鎌倉に青木さんという方がいますからご紹介しましょう」ということになり、私の名前が出てきたんです。もっとも、当時このあたりの車夫は私しかいなかったもんですからね。製造メーカーの社長さんと私は元々知り合いでしたし、お話をいただいてふたつ返事でお引き受けすることにしました。

それに、これは私にとってもすごくありがたいお話だったんです。八月の鎌倉は海水浴でお客さまが多くいらっしゃるものの、暑さもあって、寺社巡りをする観光客の方は極端に少なくなるんです。今は年間を通じてお客さまが増えていますけれど、当時は今以上に「夏は海」という傾向が強くて、全然商売にならなかったんですよ。試しに由比ヶ浜海岸で客待ちをしてみても全然ダメ。そんな状況でしたから、毎年八月の売り上げには頭を悩ませていたところだったんです。しかも、草津は海抜一、二〇〇メートルと標高も高くて、温泉地であると同時に避暑地でもありますからね、夏はとても過ごしやすいんです。そういう意味でも非常にありがたかったですね。

草津温泉での営業は「和風村」の行事という位置づけですから、毎年七月二十五日前後から八月末までの期間限定でやっています。草津には年間約三百万人ほどの観光客の方がいらっしゃるんですけれど、その大半は七月、八月に集中しているんだそうです。だからこの期間中はすごいにぎわいで、旅館さんも商店さんも、もちろん私も書き入れ時なんですよ。

ほかの人力車業者なども草津へ進出しようとマーケティング調査などに来ているという話も耳にしますけれど、開業は認められていないということです。というのも、湯畑周辺は、通常は人力車など屋外での営業行為が禁止されているんです。

ところが「和風村」の場合は、加盟旅館がみな温泉旅館組合や観光協会の会員で、十五軒のうち半数はそこで役職に就いている、いわば地域の有力者の集まりなんですよね。そういった方々が役所に申請して、期間限定の行事としてやっているからこそ、私も人力車を引くことができるわけです。

そうやって三十年以上も続けてきたからこそ、今では「草津の夏の風物詩」なんて言われています。町の方々や商店さんも、人力車が来ると「さぁ今年の夏も忙しくなるぞ！」と気合いが入るんですって。「鎌倉で人力車の文化を根づかせよう」と頑張って始めた仕事が、今では遠く草津まで波及していると思うと、胸が熱くなります。

それに、私は草津でも鎌倉と同じように、ただ人力車を引くだけではなくて道案内をしたり、宿泊場所を予約せずいらしたお客さまに旅館をご案内して差し上げたりもしているんです。いわばインフォメーションセンターのような役割ですよね。また、自らバスツアーを企画して、鎌倉から草津へのご案内もしています。これは少しでも恩返しをしないと、という思いから買って出ていることなんです。

もちろん、草津へ行っている間でも鎌倉で結婚式やイベントごとなどのご予約がある場合は、日帰りであっても鎌倉へ帰ってきますよ。五時間あれば移動できますからね。自分の根っこは鎌倉なので、そこは疎かにはできません。

草津温泉　湯畑広場にて。

妻との出会い

開業してから二十五年目の、平成二〇年に結婚いたしました。もちろん初婚です。三十五歳で開業してから無我夢中で人力車を引き続けて、自分ひとりだけ食べていければ良いと思っていましたから、結婚なんて考える余裕もなかったんですよね。

実は妻とは、私が開業して五年目くらいの頃に出会っているんですよ。故郷である埼玉県に住んでいた妻が、まだ学生だった頃のことです。当時、あじさいのシーズンに、一日限定で鎌倉まで乗り換えなしで来られる列車があって、鎌倉に来てみたいとずっと考えていた妻は、その列車を利用して初めて遊びに来たんですって。

お祖母さまの着物を借りて着て、お友達とふたりでガイドブックを読んでいたら、「円覚寺の前で客待ちしています」って、私が載っているのを目にしたようなんです。せっかく着物を着て鎌倉に来たんだからということで、人力車に乗ってくれたんです。つまり、元々は私のお客さまだったんですよ。

でもね、実は私、その時のことをあんまり覚えていないんですよ。妻にとっては念願の鎌倉でしたし、楽しかった思い出とともに、私のことも記憶していたみたいなんですけれどね。

妻と友人は、着物姿に人力車っていうんで、格好の被写体になりますでしょう。あじさい目当てで来ていた大勢のカメラマンは花そっちのけで、ふたりを乗せた人力車の後をぞろぞろとついてきたんです。そのカメラマンの中に私の知り合いの方がいて、写真を撮ってもらったご縁で妻もその方と親しくなってくると、それからは頻繁に鎌倉に遊びに来るようになったんです。

私も毎日人力車を走らせているもんですから、妻が鎌倉に来ると、どこかで必ず遭遇したんですよね。「やぁまた遠路はるばる遊びに来たの」なんて、いつの間にか気軽に世間話をする間柄になっていたんですよね。それでもお茶を飲んだりとか、食事をしたりすることはなかったんですよ。何しろ年が十八も離れていますから、ただのお友達という程度でね、その時は交際の対象とか、そういう考えはお互い全然なかったんです。

初めてふたりで会ったのはそれから二十年経ってからなんですよ。きっかけは、私の勘違いなんです。

妻は医療職に就いていて、終末期ケアの専門家だったんです。私はその頃に母を亡くして、喪中はがきを受け取った妻は「男性にとって母親を失うこと」はどんなことなのか、私にインタビューしたかったんですって。それで、妻から届いた寒中見舞いの一番下に「今度お食事でもいかがですか」って書いてあったんですよ。私はこれをデートのお誘いだと勘違いしてしまった。お恥ずかしい話ですよねぇ。それで、一緒にご飯食べに行きましょうと、私から電話したんです。

妻の方も、それまで仕事がとても忙しかったというのもありますけれど、ずっと独身生活を謳歌していたようです。でも四十近くなってきてそろそろ結婚を考えていた頃で、知人に紹介された方とお付き合いをしていたそうなんです。

その方というのがとても立派な男性で、社会的地位もあるんだけれど、なんだか信用できないような方だったんですって。妻が持っているマンションを売ったらいくらになるかとか、年収はどれくらいか、と聞いてきたりね。でもさして交際を断る理由もなく、このままその人と結婚してしまうのかな、と漠然とした不安を感じていたところに、ちょうど私から食事の誘いがあったと、こういうわけなんです。

そんな背景がありましたから、一緒に食事をした時に妻は私のことを「こんなに心の良い人が近くにいたんだ」と思ってくれたみたいです。出会ってから長い年月が経っていますし、お互いに気心が知れた仲でしたからね。そしてその後、男性にはお断りを入れて、ふたりで会う機会が増えていきました。それからトントン拍子に結婚しようということになったんです。

年が離れていますから、あちらのご両親も最初は不安だったみたいです。でも、妻が学生の頃からよく遊びに行っていた鎌倉で撮りためた写真には、ずっと私が一緒に写っているんですよ。ご両親も、私の姿は昔から写真の中で見ているんです。そう考えたら、なんだか不思議な話ですよね。

出会った頃のふたり。

花嫁が乗る人力車を、花婿が引く。

最初の弟子

私の弟子のお話をしたいと思います。

最初の弟子となる男が私のところへ来たのは、開業してまだ数ヶ月の頃のことでした。テレビの深夜番組に私が出ているのを見て、その翌日に、いきなり岐阜から鎌倉まで朝一番の新幹線で来たというんですね。

聞けば、自分は精神を病んでしまっているんです、と。会社勤めをしていたんだけれど、人間関係のゴタゴタに巻き込まれて辞めてしまって、それから二年間ずっと引きこもっていたというんです。回復の兆しが見えてきた頃で、昨夜テレビであなたの姿を見たら、いても立ってもいられずに来ましたと。鎌倉で人力車の仕事がしたい、弟子にしてくださいと、こう言うんですね。

気持ちはありがたかったですけれど、困ってしまいましてね。開業したばかりで収入もろくにないですし、何より人力車が一台しかないですからね。とてもじゃないけど弟子なんかとれないよと言ったんですけれど、それなら今日から鎌倉に移り住んで、働きながら機会を待ちます。人力車が二台になったあかつきには弟子にしてください、と食い下がるんです。

そこまで言われては無下に断る事もできないですし、それなら仕方がないということで承諾しました。彼は本当にそのまま鎌倉にいついて、運送屋さんなどでアルバイトをして生計を立てながら、人力車を引くために体を鍛え始めたんです。

そして月日が流れてから新車が来るめどが立ったので、今まで使っていた古い人力車を彼に貸して、有風亭は二人《ににん》体制になりました。実際、このタイミングでひとり増えることは営業的にもありがたかったんです。というのも、ちょうど結婚式の仕事も増えてきた頃で、人力車を二台手配してほしいという要望が多くなってきていたんです。親方である私が新郎新婦のおふたりを引いて、その後ろで弟子が媒酌人の方を引く、ということができるようになりますからね。

彼は、車夫としてはあらゆる面で物足りない部分が多かったんですけれど、辛い過去を乗り越えようと一生懸命に頑張っていました。

ところが、彼が車夫を始めて十七年ほど経った頃、盲腸をこじらせて緊急の手術をするという目に遭ったんです。弱り目に祟り目とはこのことで、大病を患って気力が弱っているところへ、大手人力車業者が鎌倉に参入してきました。強引な客引きスタイルの営業攻勢に精神的に追い込まれてしまい、ほどなくして彼は廃業してしまったんです。

現在は故郷へ帰って、元気に生活していると聞いています。私は親方として、あの時もう少し彼にしてあげられることがあったんじゃないかなと思うところもあって、反省しているんです。

現在の弟子

そんな中、今ひとり残っている弟子が、清水謙次《しみずけんじ》という男です。彼は二十歳の時に鎌倉に来て、もう二十年のキャリアになります。

私のところに来る前、浅草でも観光人力車の営業が始まった頃で、清水は一年ほどそこで車夫をやっていたんですね。彼がいた会社は最初、客引きをしない方針だったのに大手に押されて営業方針が変わってしまい、客引きを強いられるようになってしまったんです。

清水は性格的に客引き営業に向いていなくて、嫌気が差して辞めたいと思ったんですって。それで、浅草で何かと世話になっていた先達の車夫に辞めますと挨拶に行ったら、「お前、人力車が好きなら鎌倉に青木という人がいるから、行ってみたらどうだ」と言われて、その方に連れられて私のところに来たというわけです。

彼は口下手で営業能力はイマイチではあるんですけれど、とにかく人柄が良いんです。素直で、お客さまへのサービス精神も旺盛です。ヘマをやらかしてもどこか憎めないところがあって、これは生まれ持ったものだと思います。出身がお隣の逗子なので自宅からも近いし、有風亭の客引きをしないという方針にも合っていたので、うちで面倒を見ることにしたんです。

ところが、しばらく年月が経って仕事にも慣れ、売り上げが安定してくると段々とマンネリになってきたみたいなんですよね。結婚式の予約など、私から与えられた仕事はしっかりとやるんだけれど、それ以外の時になると明らかにやる気が見ら

「有風亭 飛車」の清水謙次とともに。

れなくなっていたんです。

　話を聞いてみると、私からの仕事がある時以外は、友達とほかの仕事をしているというんです。「ここ最近、まわりの友達の仕事がかっこよく見えて、人力車の仕事は青木さんからいただいた予約がある時だけやっています」と。職人と呼べる仕事とは、かけ離れた方向に傾いているように見えました。そこで私は喝を入れるべく、彼にこんな提案をしたんです。

「このままだったら有風亭の看板を背負わせられないから、辞めてもらう。もしこの仕事を続けたいんだったら、人力車一台と、お得意先の結婚式場をひとつお前に引き継がせる。辞めるか、独立するか。好きな方を選びなさい」

　そうしたら清水はびっくりして、「独立なんてできないと思っていました。夢のようです、独立させてください」と言うんですね。

　これは、本人のやる気があるかどうかのチェックでもあったんです。それに、清水の性格からして、責任感を持たせるのが一番だと考えてのことでもあったんです。

結果的には、独立させて正解だったと思っています。

それから十年以上になりますけれど、今でも「有風亭 飛車」という屋号で頑張ってやっていますよ。元々彼は嘘をつかない正直さと人懐っこさが良いところですし、自分で英語を勉強して、外国人の方とのコミュニケーションがとれるのも良いところですよね。

正直、私の目から見るともっと努力が必要だなと思うところも多々あるんです。彼は銭洗弁天《ぜにあらいべんてん》さんのあたりを拠点にやっているんですけれど、鎌倉の中心地からははずれているでしょう。もっとたくさんの人と接して、あえて厳しい環境でやらないと成長は見込めないと思うんですよ。彼には、それだけの伸びしろがあると思っていますからね。

まぁでも三十も年が離れていますから、考え方の違いもあるんでしょうかね。世間一般では親子ほどの年齢差ですもの。なんだかタイプも似ているみたいで、よく「息子さんですか?」なんて言われるんですよね。顔は全然似ていないんですけれど。

苦境を乗り越えて

平成十三年の春、京都に本社を置く大手人力車業者のフランチャイズ店が、浅草に次いで鎌倉でも営業を開始しました。当時五人の弟子とともにやっていた私にとっても、これは大きなダメージとなってしまった出来事です。

この業者は三十台の人力車と、大勢の若手アルバイトスタッフを引き連れて鎌倉へと進出してきて、この時、私への挨拶は一言もありません。いえ、偉そうにするわけではないんです。ただ、長い年月をかけてここ鎌倉で観光人力車という事業を確立してきたという自負がありましたから、一言くらい挨拶をするのが筋だと思うんです。

何より、彼らが私たちと決定的に違っていたのは、「客引き」という営業スタイルでした。私は開業当初から「客引きをしない」ことを良しとしていましたし、弟子にもそう教えてきましたから、大手業者の積極的過ぎる営業攻勢は、鎌倉という小さな街には大きな衝撃となりました。それに、客引き行為をする際の迷惑駐車や接触事故などの交通トラブルも重なり、商店さんや地元住民の方々から警察や役所への苦情が相次いだそうです。

私たち有風亭も、営業的に大打撃を受けてしまいました。のんびり観光を楽しみたくて鎌倉にいらっしゃった方々にもしつこく客引きするんだから、人力車そのものに対するイメージも悪くなってしまいます。弟子たちの収入も目に見えて減り、先述したように追い詰められて辞めてしまう者や、離れていってしまう者もありました。

今はこのフランチャイズ店は潰れて本社の直営店になったそうですが、フランチャイズ解消となる時に経営者が私のところにきて「今までのことは水に流してください。手を組んでやりませんか」と言ってきたんですね。「手を組めば本社直営店とも対抗できるようになります」と。かなり有利な条件を提示されましたけれど、即お断りしました。確かに収入は大事ですよ。でもこういうのって、お金の問題じゃないでしょう。それよりも大事なものがありますし、尊い思いを持ってずっとやってきたわけですから。

生涯現役

気がつけば私も七十歳を過ぎました。自分でもよくここまでやってこられたなあと思います。これまでを振り返ってみると、山あり谷ありでした。人生って天気と同じで、ずっと良い時なんてないんですよね。晴れたり曇ったりを繰り返して、また新しい朝が来るものです。こつこつと前だけを見て、一歩一歩進んでいくしかないんです。

開業した頃からずっと、「七十歳まで人力車を引き続けるんだ」と公言していて、それを目標にしていましたけれど、ここまで来ると生涯現役を目指すしかありません。

体力的にもまだまだやれる自信がありますし、長く続けてきた者にしか見ることのできない景色というものもあります。始めた頃と変わらない気持ちで、おごることなく、真摯な気持ちでお客さまをご案内するだけです。だからこれからもずっと、倒れるまでこの仕事を続けていきますよ。

料金表を書く青木。

第三章
仕事哲学

おもてなしの精神

私の仕事哲学は大きくふたつあります。「お客さまに良い思い出をお持ち帰りいただく」ことと「鎌倉の品格を大切にする」ということ。これはどんなに時代が変わっても、絶対に曲げることはできません。

ひとつめの「お客さまに良い思い出をお持ち帰りいただく」こと。

これは、おもてなしの精神を常に持つということですね。私自身、旅が好きなものですから、鎌倉にいらっしゃる方々の気持ちになって、おもてなしをしたいというのがあるんです。心を尽くして、良い思い出をお持ち帰りいただければ、また「鎌倉で人力車に乗りたい」と思っていただけますでしょう。それに、友人やご家族の方々にもおすすめしてくださいます。現に、私のお客さまはリピーターの方や、ご紹介でいらっしゃる方も多いんですよ。

そしてご予約をいただいた際には、前日の夜に必ず天気予報をチェックするんです。雨の鎌倉というのも独特の風情があって、おすすめしたい部分もあるんですけれど、こと人力車に乗るとなると何かと不便が大きい。ですから、明らかに天候が荒れると予想される時は、こちらからお電話をしてお断りをすることもあります。

もちろんご了承をいただくことが前提なので一方的にお断りするわけではありません。でも、せっかく鎌倉にいらして人力車に乗っていただくのに、天候が荒れてしまってはご満足いただけないと思うんです。写真を撮るにしても映えないですからね。

今は円覚寺さんの山門や若宮大路付近で客待ちをしているほかに、ご予約で来てくださるお客さまの割合が多いので、街中を流している時にお声をかけていただいてもご乗車いただけないということが度々あるんです。そういう時は「ごめんなさい、今日はご予約が入っていて空いていないんです。でも今度鎌倉にいらっしゃることがあったら、前もってお電話くださいね」と言って名刺をお渡しします。そういう方が、後日ちゃんと乗ってくださるんです。

それに、前もってご予約をいただければ、こちらもご案内コースの下準備ができますし、お客さまに旬の情報をくまなくお伝えすることができます。こういったことを、長年こつこつと、地道にやってきたからこそ、今の私があるんです。近年ご予約のお客さまが多いのは、こうした私のやり方が浸透してきているからだと思います。

長い目で見て営業していれば、目先の売り上げのために無理して声をかける必要なんて全然ないんですよ。同業他社が何十台とやって来たとしても、有風亭を選んで乗っていただける方々には関係ないんです。お客さまを奪い合うという発想とは、根本的に違いますからね。

鎌倉の品格

ふたつめの「鎌倉の品格を大切にする」ということ。

鎌倉は都会とは違い、ゆったりとした時間が流れているからこそ、観光客の方々も魅力を感じていらっしゃると思うんです。また、他の観光地と比較しても道幅が狭く、数々の歴史ある名所旧跡が、こぢんまりとまとまっています。三方を山に囲まれ、目の前に相模湾が広がる絶好のロケーションということもあって、古くから作家や芸術家など、多くの文化人たちに愛されてきました。

　私は観光に携わる者として、こうした鎌倉の風土や文化的な香りを、たくさんの方々に伝えていきたいと考えているんです。先ほども少しお話ししました、服装や言葉遣いに乱れがないようにピシっとして、乗りたい方にだけ乗っていただくということも、この考えに基づいています。

　確かに私の営業スタイルでは、今日その日の売り上げは立たないかもしれません。でも、それで良いんですよ。いつも同じきちんとした服装で、ここ鎌倉に「いる」ということが大切なんです。

　何せコンパクトな街ですから、いつ、誰が見ているか分かりません。鎌倉に来るたびに青木の姿を目にする、という方もいらっしゃるでしょう。私にとっては、そのことの方が重要なんです。刹那的な売り上げを求めるのではなく、十年、二十年という長い目で見て信頼していただくことの方が、遥かに鎌倉の風情に合っていると思うんです。

かつて、鎌倉在住の元NHKキャスターの方に「青木さんと人力車は鎌倉の風景に溶け込んでいる」と言われたことがあります。開業当初から変わらず、この街の持つ魅力を損なわないようにしたい、この街とともに生きていきたいという思いを持ってやってきて、自分なりのスタイルを貫いてきたつもりです。だからこそ、そんな言葉をいただけたんだと思います。

元をたどると、職人的なこだわりを持って仕事をしていきたい、という思いが強かったんです。そういう生き方に憧れがありましたし、だからこそこの仕事が好きですし、この鎌倉の街が好きですし。みんな私の中で「好き」で繋がっているんですよね。

もちろん、いろんな働き方がありますよ。大きい会社に勤めて安定して給料をもらって、老後は悠々自適に過ごすというのもひとつの選択だと思います。でも私の場合、老後に何もやることがなくなったら病気しちゃうと思うんです。不健康になって、倒れちゃいますよ。私にとっては、働くことが健康に繋がっているのかもしれません。

それに、健康で好きな仕事を楽しくやっていれば、お金は後からついてくるものだと思っています。本当はもっと収入が多い方が良いんでしょうけれど、お金にはあまりこだわりがないんです。必要以上に多くを求めてしまうと、仕事って途端につまらなくなると思うんですよ。私の場合はそういう性格だというのもありますけれど、お金をたくさん稼ぐよりも、大好きなこの街で健康的に楽しく仕事を続けて、身の丈に合った生活を送る方が遥かに幸せなんですよね。

無駄な時間なんてない

確かに、現代は働きにくい、生きにくい世の中だと言われることもありますけれど、仕事を続けるにしても方向転換するにしても、とりあえず今、目の前にある仕事を一生懸命やった方が良いと私は思うんです。嫌な仕事を無理にでも続けろという意味ではないですよ。壁にぶつかったら、その時考えれば良い。

私はこれまでに何度か転職を経験し、結果的に心が折られるくらい嫌な目に遭って独立をしましたけれど、その時その時の仕事は全力で取り組んできたつもりです。それが後々になって、ちゃんとどこかで生きているんですよね。

だから、たとえまったく畑違いの仕事を新たに始める場合でも、これまでの経験はどこかで必ず役に立つはずです。そう信じて仕事をしていれば、もし壁にぶつかったとしても、答えは自分の中から出てくると思うんですよね。

もし今、生き方に迷っていて「あの時ああしておけばよかった」とか「これまで無駄な時間を過ごしてしまった」と悩んでいる人がいたら、無駄な時間なんてものは絶対にないんだよと言ってあげたいです。どんな生き方をしてきたとしても、自分の中の引きだしは増えているはずです。回り道をしたらその分、引きだしは増えているんですよ。そしてその引きだしを開けるか、閉まったままにしておくかは、自分の考え方ひとつなんです。考え方次第で、可能性はいくらでも広がるわけですからね。

生活も仕事も、旅そのもの

何度となく「旅が好き」ということをお話ししてますけれど、私にとって旅というものは、生活そのものなんです。

いえ、確かに遠くへ旅に出ることも趣味のひとつではありますけれど、ここで言いたいのはそういう意味ではないですよ。自分の中では、日々の生活を送ること、仕事をすること自体が、旅だというイメージなんです。

例えば、普段通っている道を歩くのでも、出会う人や風景、空気感は、その日その日で違うわけですよね。季節や気候の移り変わりだってありますでしょう。ドアを開けたら蛙がいた、昨日までつぼみだった花が開いた、道端に名も知らない野草を見つけた。これはもう、旅そのものだと思うんです。何もこれは、鎌倉だからという特別なことではありません。どこの街にいてもそうです。

こういう考え方をするようになったのは、永六輔さんの影響が多分にあります。永さんは生前、「知らない街、路地ひとつ曲がるだけでそれは旅だ」とおっしゃっていたんです。どこへも行けないと思うんじゃなくて、日々の生活でも「旅をしている」と思えば、それはもう「旅」なんです。

そういう心持ちで日々の生活や仕事をとらえると、毎日が途端に楽しくなるんですよ。一日として同じ日はやって来ないわけですから、出会う人、目に映るもの、すべてがかけがえのないものに思えてきます。よくストレス発散といいますけれど、私には関係のないことだと思っています。心持ち次第で毎日が新しい日になりますから、ストレスが溜まる理由なんてないんですよ。

人力車に乗ってくださるお客さまでも記念撮影をしようとすると、年だから写真に写りたくない、とおっしゃる方が結構いらっしゃいます。そういう方には「でもあなたね、今日より若い日はないんだから。明日になったら、一日プラスになるんですよ」と言うと、「じゃあ撮っておこうか」となるんですよ。このフレーズ、結構ウケるんですよ。

今のは半分冗談ですけれど、実際、心持ち次第で物事が違って見えることってありますでしょう。同じ日々を過ごすんだったら、つまらないよりはおもしろい方が断然良いに決まっています。だから私は、何気ない日常でも毎日旅に出ているつもりで、日々新しい発見を、自分で演出しているんです。

永六輔氏と建長寺境内を歩く。

第四章
永六輔さんとの思い出

永さんと会う

折に触れてお話ししてきましたけれど、永六輔さんは私にとって、ずっと憧れ続けているとても大きな存在なんです。

私がまだ二十代の時にテレビ番組「遠くへ行きたい」の放映が始まって、初期の頃は永さんがレギュラーで出演していましてね。主題歌の作詞も永さんでしょう。いろいろな場所を訪れて、その土地の風土や文化に触れているのを見て「あぁ、良いなぁ」と思っていたんです。

元々旅が好きだから永さんに憧れるようになったのか、永さんに憧れていたから旅が好きになったのか。そのあたりは定かではないですけれど、とにかく旅行に行く時などは必ず永さんの本を鞄に入れて、旅先で読んでいましたね。それから永さんの考え方や人柄にも、ますます尊敬の念を抱くようになっていきました。

永さんと初めてお会いしたのは、この仕事を始めて七年目くらいの時です。「有風亭」の屋号の名づけ親である、崎南海子さんを通じて紹介していただいたんです。

実を言うと、 崎さんとお知り合いになってから「いつか永さんを紹介していただけないかな、お会いしたいな」と心の隅でずっと期待していたんですけれど、おこがましくてそんなことなかなか言い出せないですからね。長年密かに待ち続けて、ようやくその機会に恵まれたというわけです。

当時、永さんは事務所を通さず、プライベートで講演会のようなことを各地でやっておられました。古いお付き合いのある方々のところなどを訪ねましてね。永さんのことですから、営業とか売り上げなど度外視で、そうした活動をされていたみたいです。

その一環で、小町通りにある、 崎さんのお母さまが経営する甘味処「くるみ」さんが会場になるというので、 崎さんから「永さんがうちに見えるのでよろしければいかがですか」というお誘いをいただいたわけです。

何しろ長年ずっと憧れていた方ですから、お会いした時はとにかく舞い上がってしまって、どんなご挨拶をしたのかもよく覚えていないんです。ただ光栄なことに、「あなたのことは前々からうかがっていましたよ」と言われましてね。永さんは私のことを、車夫をやっているということをご存知だったんですね。

それに、古き良きものに関心のある方ですから、人力車そのものにも、以前から興味をお持ちだったみたいなんです。その時に聞いたお話では、永さんは過去に半纏姿に足袋を履いて、人力車を引きながら皇居の前で写真撮影をしたことがあるんですって。だから私が車夫をやっているということも、好意的に見ていただいていたようです。

講演会の当日、永さん、崎さんとお母さま、私とでお食事をいただいた後に、「ではちょっと乗りましょう」と永さんから言われましてね。講演会が始まるまでの時間に、ひと回り乗っていただいたんです。小町通りから八幡さまの脇へ抜けて、現在の川喜田記念映画館のあたりを回ってまた戻ってくるという短い距離でしたけれど、とても満足そうにされていたのをよく覚えています。

その時の出来事を、永さんが当時連載していた『週刊朝日』のエッセイにお書きになったんです。「先週鎌倉へ行って、人力車に乗ってまいりました。そこの車夫さんとは初めて会ったのに、旧知の間柄のような気がしました」というようなことを書いてくださいました。当の私は憧れの方を乗せてとにかく必死、無我夢中で人力車を引いていたんですけれど、永さんにそう思っていただけたと知った時は嬉しかったですねぇ。

それからも永さんが自著の出版記念サイン会で鎌倉の島森書店さんにいらした時にお会いしたり、有風亭の十周年記念祝賀会の時は講演会を、二十周年記念祝賀会の時は講演会に加えて、一座の芸人の方々を引き連れて素晴らしい余興を催してくださったりもしました。

私の結婚披露宴の際にはお体を悪くされていて、残念ながらご出席いただくことは叶いませんでした。ただ嬉しいことに、出席する代わりにとビデオメッセージを送ってくださったんです。私の妻が医療従事者で、終末ケアを専門に研究・教育する立場だったということをどこかでお聞きになったんでしょうね。お祝いの言葉の後に「ケアしてくれる方が人生のパートナーになって、青木さんは幸せ者だね」とおっしゃっていただきました。頻繁にお会いしていたわけではないのに、気の利いたコメントを送ってくださって、こういう律儀な人に私もなりたいと思いましたね。

有風亭十周年記念祝賀会にて。講演を行う永六輔氏。

力強い言葉

永さんとの思い出で、忘れられないことがあります。あれは開業して十八年目、大手人力車業者が鎌倉に参入してきてすぐの頃です。突然、連絡もなく永さんが鎌倉にいらして、若宮大路のところで声をかけられたのです。

大手人力車業者のことは新聞やテレビでも報じられていましたから、永さんもご覧になったんでしょうね。それですぐ駆けつけてくださって、私を見つけるや否や、挨拶もそこそこにいきなり本題で「どうなっているの」と。

私は簡単に、状況だけ説明をしましたら、永さんは「分かりました。青木さんは下手な動きをしないで、今のまま、自分らしく続けていればいい」と言ってくださいました。この窮状を前に足元からぐらぐらと崩れてしまいそうなところを、その言葉で私は「今まで積み重ねてきたものを大事にしなければいけない。自分は自分のやり方でやればいいんだ」と踏んばって、前を向けるようになったんです。

憧れと尊敬を抱いている方にそう言っていただき、それはもう千人力を得たみたいに感じました。言って欲しい時に言って欲しいことを言われて、精神的な支えになりましたし、味方になっていただけたような気がしました。何より、わざわざ鎌倉まで来て直接言葉をかけてくださったということが心に響きましたね。そのおかげで気持ちもぶれずに強くいられることができて、今日に繋がっているんですから。

粋なはからい

先ほどお話に出ました、有風亭の記念祝賀会にゲストとしてご出演いただいた時のことです。この時、永さんはギャラの話を一切しないんです。会場の控え室に入るや否や「今日はあなたのお祝いに来たんだから」と。それ以上は何もおっしゃらないんですよ。

それでは申し訳ないので、私はお車代という名目でいくらかご用意して、控え室でお渡ししたんです。そうしたら永さんは、封筒を手に「それでは気持ちだけ納めてください」とすぐにその封筒を私に返し、続けてこうおっしゃるんです。

「一旦いただきましたが、これは青木さんに差し上げます。ゆめ風基金というのがあるから、そちらに寄付してください。永六輔の名前ではなく、鎌倉の青木登さんのお名前でお願いしますよ」

「ゆめ風基金」というのは、永さんや、歌手の小室等さんなどが中心となって阪神淡路大震災をきっかけに設立された、被災地の障害者支援を目的とする基金です。私はいたく感銘を受けて、その言葉通り、全額寄付させていただきました。

私利私欲とはかけ離れたところが、なんとも永さんらしいなと思います。心憎いことをさりげなく、しかもその場で咄嗟《とっさ》にできるんですから、かっこいいですよね。まさに「粋」を体現されていた方だったと、深く感じ入る出来事でした。こういうエピソードを、もっと多くの方々にも知っていただきたいなと思います。

永さんとのお別れ

永さんが亡くなられた、という知らせを耳にした時は、心に大きな穴が空いたような感じがしました。

亡くなられた翌月、「六輔 永（なが）のお別れ会」が青山葬儀場で行われました。私もご案内状をいただいて、そこには「平服でお越しください。喪主一同も平服で参列いたします」と書いてあったんですね。

司会をされたのが北山修さんだったんですけれど、実際、喪服ではなくブルーグレーのジャケットをお召しでした。ところが会場全体を見ますと半分くらいが喪服で、もう半分が喪服ではないけど黒っぽい服装だったんです。それで、北山さんが開会のご挨拶で

「本日は皆さん真っ黒で、見事に裏切られました。永さんは、おもしろくないことをいかにおもしろくするかに長けた人でした。ですから、喪の席で真っ黒な格好で、しんみりするのは最もつまらないと、今頃永さんは憤っているはずです」

というようなことを冗談っぽくおっしゃったんです。発起人はじめ運営の方々は、ユーモアに溢れた会で楽しく永さんを見送ろう、ということに趣向を凝らしたんだなと感じました。

そして続く弔辞では、一人目が黒柳徹子さん。この時の様子はテレビなどでも報じられていましたけれど、あれは黒柳さんがお話しした内容のほんの一部なんです。実際は十五分を超えるほどの長い時間、生前の爆笑エピソードの数々をずっとお話ししていました。会場が笑いの渦に巻き込まれる弔辞なんて初めてでしたよ。それから歌あり、奉納太鼓ありと、とてもにぎやかに永さんのお見送りをしました。

会が終わって外に出ますと、昔ながらの丸い郵便ポストが設置されていて、永さんへのお便りを投函するようになっていました。ラジオとお便りは切っても切れないものですからね。晩年までラジオを愛し続けていた永さん宛てに、最期のお便りを差し出すことができるという、なんとも心憎い演出でした。

「体で表現する職人」

個人的に、永さんに言われた言葉で最も深く心に刻まれているものがあります。「あなたは体で表現する職人だ」という言葉です。これは今でも私の指針となっている、大切な言葉なんです。

普通、職人というと工芸品や大工など、物をつくる人のことを指すと思いがちですけれど、私の場合は、それを体を使って表現しているというのです。永さんは度々、ご自身のラジオ番組やエッセイなどで、私のことをこのように評してくださいました。

最初に言われたのは、TBSラジオの番組「土曜ワイドラジオTOKYO永六輔その新世界」の生放送で、北鎌倉から中継を繋いだ時だったでしょうか。その時はピンとこなかったんですけれど、この仕事を続けて十年を過ぎた頃から、段々とその言葉の意味が分かるようになってきた気がします。

それは、車夫といっても単に人力車を引くだけではなくて、仕事に対する心構え、精神の部分が肝要なんだ、ということだと思うんですよね。おもてなしの心づかいであったり、服装をきちっとすることであったり、日々の鍛錬を続けることであったり。そうした、一見して人目には触れにくい部分が実は大事なんじゃないかな、と思うんです。

これは一朝一夕で得られるものでは決してなくて、長い年月をかけて積み重ねていくものなんだと思います。「継続は力なり」と言いますけれど、日々積み重ねていくことによって「所作」となって表れて、初めて「表現」と呼べるものになるんです。

永さんから言われた、この「体で表現する職人」という言葉に、いつも身が引き締まる思いがします。だから私は、七十歳を過ぎた今になっても人力車、そして自分の体のメンテナンスを怠らず、生涯現役でいたいと思っているんです。

精神的にもっと強くなって、職人としての車夫の姿勢を貫かなければいけないなと、永さんがこの世から去った今、より一層強く思うようになりました。それが、永さんに対する、私なりの恩返しだと思うんですよね。

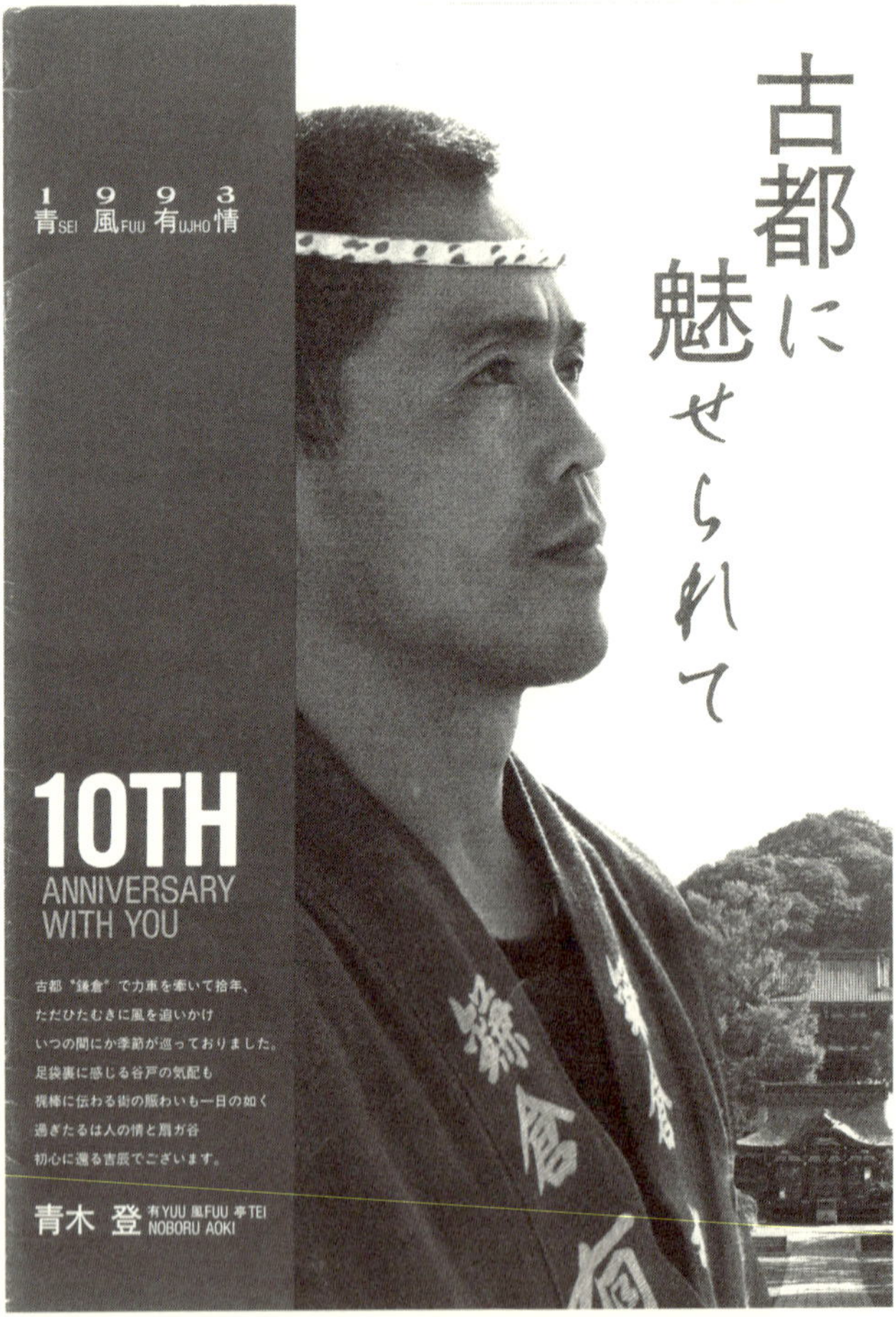

有風亭十周年記念祝賀会のパンフレット。

第五章
人々とのふれあい

品の良いおばあちゃん

開業してまだ一年目の頃だったかと思います。北鎌倉駅前で客待ちをしていた時に、駅から降りてきた品の良い高齢の女性と付き添いの女性のふたり連れが、私のところへいらっしゃいました。

その方々は近くにあるご自宅までということで、お乗せしたんですね。ご自宅の前に到着した時に、私は「おばあちゃん、足元にお気をつけてお降りくださいね」と言ったんです。そうしたら付き添いの方に「車屋さん、この方をご存知ないのですか。小倉遊亀先生ですよ」と言われ、怒られてしまいました。

お恥ずかしいことに、私はその頃、小倉遊亀先生を存じ上げていなかったんです。文化勲章も受賞された高名な日本画家の方を「おばあちゃん」呼ばわりしてしまったんですから、怒られるのも当然ですよね。先生は特に何もおっしゃっていませんでしたけれど、あの時は自分の不勉強を恥じた次第です。

浄智寺の脇にて。新品の人力車を引く青木。

大女優の威厳

テレビの取材や撮影などで、俳優さんや芸能人の方をお乗せすることも多々ありました。その中でも、一番威厳を感じたのは森光子さんですね。

円覚寺さんの境内でのテレビ番組の撮影で、森さんご本人がいらっしゃるよりもずいぶん早い時間からスタッフさんが勢揃いして、準備していました。人力車の走り方や、走る区間についても目印のテープを貼ったりとすごく細かい指示が現場責任者からあって、さらに事前に森さんと同じ背格好のスタッフさんを代役で乗せて、試走までしたんです。

万全の準備が整ったところでいざ森さんが現場に到着すると、スタッフさん全員ものすごい緊張していて、笑顔ひとつつくらずピリピリした雰囲気なんですよ。それで、まずリハーサルということで森さんが座席に座ると、現場責任者は「森さん、これはリハーサルですからリラックスしてください」ととても気をつかっているのが見て取れます。

それで私もリハーサルだと思って、森さんをお乗せした人力車を引いて走ると、「森さん、今の表情とっても良かったです。これ本番で使いましょう。お疲れ様でした！」と言って、もうそのまま撤収ですよ。

本当にリハーサルのつもりだったのか、それとも森さんに負担をおかけしないような配慮だったのか、本当のところは分かりません。いずれにしても、まわりの方々があそこまで気をつかっていたのはこの時だけでした。森さんに対する、敬意の表れだと思うんですよね。さすがだなぁと思いました。

素晴らしい演技力

最近のお話では、土屋太鳳《つちやたお》さんが特に印象に残っています。平成二十四年に、私がモデルになった『力俥－ＲＩＫＩＳＨＡ－』という短編映画が鎌倉で撮影されました。その作品に出演していたのが、当時、世間的にはまだあまり知名度が高くなかった土屋太鳳さんだったんです。

現場で私は監督のそばにいて、人力車監修というかたちで撮影に参加していたんです。主演が声優の関智一《せきともかず》さんで、関さんの人力車の引き方や所作、立ち居振る舞いなどをお教えして、撮影中も気になるところがあったら指導をする、という役割です。ちなみに、撮影で使用した人力車は私のものなんですよ。

撮影現場で、初めてヒロイン役である土屋さんの演技を見た時に「素晴らしい演技力だなぁ」と思いました。すごく演技に説得力のある、良い役者さんだなぁというインパクトがあったんです。

映画の中で土屋さんは深夜アニメ好きの女性というキャラクターなんですけれど、彼女は役づくりのために秋葉原に行って、自主的に取材をしてから撮影に臨んだんだそうです。大学受験が控えている時期だったのにも関わらずです。彼女の出演作品にかける熱意、真面目さがうかがえるエピソードですよね。

八幡さまの境内でのロケもあって、映画の撮影って目立ちますでしょう。それで、誰が出てるんだろうって気になって見に来た通行人の方が「あの女優さん誰だろう？知らない人だね」なんて言ってる声が聞こえてきたわけです。それは土屋さんの耳にも入っていたんですって。「私は多くの人から土屋太鳳だって分かってもらえる、そんな役者になりたい」って、後日おっしゃっていました。それから数年後にNHKの朝ドラの主役に抜擢されたんだから、すごいですよね。今や人気、実力ともにトップクラスの役者さんになられて、自分のことのように嬉しいんです。

小さなお客さま

お客さまとのやり取りでも、印象深いものがあります。開業してまだ年月が浅い頃でしたけれど、八幡さまの奥の方にある横浜国立大学付属小学校の子供たちを毎日のように乗せていた時期がありました。

今だったら校則が厳しくなりましたし、世間の目も許さないでしょうけれど、当時は大らかというか、緩かったんですよね。

三の鳥居の辺りで客待ちをしていると、ちょうど下校時間の子供たちが「おじちゃん、人力車乗せてちょうだい」って集まってくるんです。付属小学校はほとんどの子供たちが電車通学ですから、学校帰りということで鎌倉駅まで乗せてあげていたわけです。

さすがに全員は無理なので「今日はあなたとあなた、他の子はまた今度機会があったらね」というようにやっていたら、口コミで広まっちゃってね。何人かずつ乗せるということが一時期、日課みたいになっていました。もちろんお代はいただかずに、私も人力車を引く練習だと思ってやっていたんです。

そんなある時、乗せていた一、二年生くらいの女の子が、座席で友達同士ふざけて暴れていたんです。段々とエスカレートしてきてランドセルを持ち上げたり、大声を出したりするもんですから、私は注意するつもりで「危ないからそんなことしちゃいけません」って、人力車を停めてその子の頭を叩いたんですよね。

その時は何もなかったんですけれど、それから二十数年経って雑誌の取材を受けていた時に、出版社の女性編集者さんがふと「青木さんは覚えてないと思いますが、あの時頭を叩かれたのは私なんです」と言うんです。「親にもぶたれたことがないのに、頭を叩かれたのは後にも先にも青木さんだけです」って。

思い出話として笑いながら言ってくれましたけれど、当の私はすごく驚いて、もう顔から火が出るくらい恥ずかしかったです。まさかこんなかたちで再会して、しかも取材の席で昔話をされるとは思ってもみなかったですからね。この仕事をしているといつどこで、誰が見ているかわかりませんし、こうやって思わぬかたちで再会することもありますから、気が抜けませんね。

変わった依頼

ちょっと変わったご依頼をいただいたこともあります。そのお客さまは四十代くらいの男性で、人力車に乗るや否や「観光ガイドはしなくていいから、私の言うエリアへ行ってください。走りながら、質問に答えていただくだけで結構です」とおっしゃるんですね。

それでその質問というのが、この辺りで過去に犯罪はなかったかとか、交通事情はどうだとか、変質者や空き巣が出たという話は聞いたことがあるかとか、そんなちょっと穏やかじゃない内容なんです。

よくよく聞いてみると、この近くにある家を買おうと思っている、とおっしゃるんです。もう物件のめどはついていると。でも、不動産屋にはこんなこと聞きづらいし、もしかしたら正直に教えてくれないかもしれないから、この街で何十年もやっているあなたに確認しておきたかったんです、ということだったんです。特にお子さまの通学路や、公園など遊べそうな場所の近辺は気にされていましたね。私も正直にお答えして、お客さまには満足していただけました。後日、この方は無事に家を購入されたとのことです。

これと似たようなお話で、墓地を探しているので案内してほしい、というご依頼はしょっちゅういただきます。ご自身が亡くなった時のことを考えて、事前にお墓選びをされる方も多いんですよね。ただ私はお墓の良し悪しまではちょっと分かりませんから、こうしたご相談のお客さまには信頼できる老舗の石屋さんを紹介することにしているんですよ。

仲の良いふたり

お友達同士ふたりで、他県から鎌倉までよく遊びにいらっしゃる方々がいました。おふたりとも鎌倉が大好きで、来てくださるといつも私の人力車に乗っていただいていたんです。とても気の良い方々で、私も仕事以外でも食事やお茶などをご一緒させていただいたりしていたんですけれど、ある時、プツリと来なくなってしまったんですね。

どうしたんだろう、何かあったのかな、とずっと気になっていたものの、事情があるかもしれないし、連絡を取ることは控えてそっとしておいたんです。

それから長い時が経ったある日、ふらりと、おひとりだけで鎌倉にお見えになったんです。実に十数年ぶりの再会でした。

話をお聞きすると、もうひとりのお友達が、精神を病んでしまって自ら命を絶ってしまったというんです。ずっと仲良しで、鎌倉にもいつも一緒に遊びに来ていたから、ふたりの思い出がたくさん詰まったこの街にどうしても足を向けることができなかったんだそうです。とても辛く、悲しい年月を過ごしていたけれど、十数年経って少しずつ気持ちの整理がついてきたので、また鎌倉に来ることができました、ということだったんです。

私はこの仕事を始めて、たくさんのお客さまにお会いしてきましたけれど、良い思い出を持ち帰っていただいた方々にも家庭や仕事などそれぞれの生活があって、色々な思いを抱えながら生きているんだなぁと、改めて考えさせられました。そして、人と人との出会いや一緒に過ごすは時間は、あって当たり前のものではないんだ、もっと大切にしなきゃいけないな、と教えられたような気がします。

最後の桜

数年前、鎌倉市内の桜並木が美しい地区にお住まいのご家族から、こんなご依頼をいただいたことがありました。一緒に住んでいるおばあちゃんを人力車に乗せて、ご自宅の周辺を行ったり来たり、満足するまで、走ってあげてほしいというんです。

聞けば、おばあちゃんはご高齢の上に病気を患っていて、今年が最後の桜になるかもしれない。そんな予感がするんです、と。だから、車上から桜の花を見せてあげたい、というのがご家族のご要望でした。

ご自宅までお迎えに上がって、おばあちゃんに乗っていただきました。長年慣れ親しんだ街の、満開の桜並木の下を、ゆっくり、ゆっくり、何度も行き来しました。見上げると、抜けるような青空に、無数の花びらが舞っていて——。

ああ、桜の花って、こんなにも美しかったんだなぁと、私も改めて思いました。おばあちゃんはとても喜んでくださって、あの時の嬉しそうな笑顔は、今でも忘れられません。

それから数ヶ月後のことです。おばあちゃんが旅立たれたという知らせを耳にしたのは。ご家族の方からご連絡をいただいて、最後にとてもきれいな桜を見せてあげることができました、と感謝されました。私の方こそ、ご家族の温かさや愛情に触れて、胸がいっぱいになりました。毎年桜の季節が巡ってくると、このことを思い出すんです。

親孝行

近年は核家族化で、郷里から離れて暮らしている方々もたくさんいらっしゃいますよね。地方から都心に出てきて、ご結婚して子育てをされている。そういった方から、年老いた郷里のご両親に人力車で鎌倉観光をさせてあげたい、というご依頼をいただくことがあります。北は北海道から南は九州まで、遠方からお招きするケースも珍しくありません。

このようなご依頼の場合、ご両親は鎌倉にお越しになるのが初めてで、ましてや人力車に乗るのも初めてという方がほとんどです。風情のある鎌倉の街に人力車がマッチしているということで、大変喜ばれるんです。

でも車上のご両親のお顔を見ていると、鎌倉観光や人力車そのものよりも「離れて暮らす我が子が招いてくれた」ということ自体が、嬉しそうに見えるんですよね。ご案内をしていても、それがなんとなく伝わってくるんです。

ご両親に親孝行している姿を見ると、こちらの心まで温かくなってくるものです。

親子というものは離れて暮らしていても心のどこかで繋がっている、そんな絆みたいなものを感じさせてくれます。それは私にとっても、すごく嬉しいことなんです。

母を乗せて

親孝行といえば、私の父は早くに亡くなってしまいましたけれど、母は私が結婚する直前まで健在でした。

この仕事を始めて五年目くらいの時に、郷里のお祭りに車夫としてお招きいただいたことがあって、そのイベントの一環で地域の方々に人力車に乗っていただく機会があったんですね。

その時、母にも乗ってもらおうと思ったんですけれど、母は「息子の引く車なんて、恥ずかしくてとてもじゃないけど乗ることはできない」と言って、頑として乗らなかったんです。考え方が古い人間ですからね。恥ずかしい、申し訳ないという気持ちの方が強かったんだと思います。

それから二十年くらい経って、私の甥、つまり母から見たら孫ですね、彼が栃木県の小山で結婚式を挙げることになりました。ちょうど夏の間だったので私は草津から人力車を運んで、新郎新婦を乗せて記念撮影などをしたんです。

この時は周りの親戚も「せっかくだからおばあちゃんも乗ったら」と言ってすすめてくれて、初めて、母は私の引く人力車に乗ってくれました。

母は昔のことを覚えていて、あの時は乗れなかったけれど今日はおめでたい日だからと、断らずに乗ってくれたんです。もしかしたら母は、そろそろお迎えが来てしまうと感じていたのかもしれませんね。後にも先にも、母が乗ってくれたのはこの一度きりでした。

私は親孝行らしい親孝行はできなかったけれど、生前に一度だけでも、乗せてあげることができてよかったと思っています。それに、この仕事を始めてからテレビに出させていただく機会も何度かあって、母はそれをずいぶん楽しみにしていたみたいなんです。近所のゲートボールなんかでお友達と集まるでしょう。その時に私のことが話題に上ると、とても嬉しそうにしていた、という話を聞きました。私の話題で、お友達との会話が弾むことが楽しかったんでしょうね。

でも母にとってはテレビに取り上げられたことよりも、テレビを通じて元気な姿を見られたことの方が嬉しかったんじゃないかなと思います。健康で元気に仕事をしている姿を見せてあげることが、私にとって母への親孝行だったのかもしれません。色々な親孝行の仕方があると思いますけれど、私にはこういうかたちでしかできなかったですね。

親子二代の花嫁姿

開業当初の頃から長年に渡って、結婚式のお仕事をさせていただいているというお話は先ほど少ししました。かつては鎌倉で結婚式といえば鶴ヶ岡会館さんだったんですが、平成二十二年に経営方針が変わって、一時閉館してしまったんです。するとすぐにウエディング関連会社がどっと鎌倉に入ってきて、今では十数社がひしめいている状態です。

鶴ヶ岡会館さんはその後、「KOTOWA鎌倉 鶴ヶ岡会館」としてリニューアルして、私も再び提携させていただいています。今では五ヶ所の式場やレストランさんからお仕事をいただいていて、年間で一五〇組くらいですね。同業他社の人力車が多くなってきたので、ピーク時の半分くらいになってしまいました。

そういったわけで結婚式のお仕事自体は減っているんですが、最近ではお客さまの世代交代というものを感じるようになってきています。

かつて結婚式でお乗せした新郎新婦さんに、お子さまが生まれますでしょう。すると、今度は七五三や、成人式などでまたお乗りいただけるんです。お子さまを連れて、結婚式の時はお世話になりましたって、ご挨拶に来てくださるんですよ。節目節目で、お子さまの成長を見せてくださるというのは、本当に嬉しいですね。

さらにお子さまが成長して、結婚式のご用命をいただく、というケースもあるんですよ。そうすると、何十年か前のご両親の結婚記念写真に写っている青木という男が、今度もまた同じように写っているわけです。

くじけずに長年続けていると、こういう嬉しいことがあるんですね。式の当日にわざわざご両親の時の写真を持ってきて、見せてくださったりもするんです。

世代は変わってもここ鎌倉で、同じ車夫が引く人力車に再び乗る、ということに価値を見出していただいているんだと思います。一枚の記念写真を撮るにしても、どこの誰か分からない人が写っているよりは「この人今でも鎌倉でやっているんだよね」という方が、ご家族の思い出話としても残ると思うんですよね。

ただ人力車に乗って結婚式を挙げたいというだけでなく、私をご指名いただけるというのは本当にありがたいことです。提携していない式場でも、新郎新婦さんのご要望を聞いたプランナーさんがご連絡してくださることがあるんですよ。もちろん喜んでお引き受けしています。

ご家族の絆を受け継いでいかれるというのはとても尊いことだと思いますし、私もそのお役に少しでも立てているのだとしたら、これ以上嬉しいことはありません。生涯現役で倒れるまでやり続けたいというのは、こういう喜びがあるからなんですよね。

五十三歳の頃。

第六章

鎌倉で生きるということ

北鎌倉の商観光を考える会

開業当初から二十七年間ほど山ノ内に住んでいて、朝は円覚寺さんの山門の前で客待ち、午後になると巨福呂坂切通しを越えて八幡さまの方へ移動するという営業パターンでやっていました。

そうすると、段々このエリアと馴染みが深くなっていくんですよね。元々、北鎌倉駅と建長寺さんの間あたりにはお寺さんや住宅が多かったんですけれど、私が開業した頃はちょうど高度経済成長期、観光ブームということでこのエリアでお店を始める方が増えていたんです。

北鎌倉駅を境に、反対側の大船方面には「北鎌倉商栄会」という商店会があったんですけれど、一方のこちら側はお店も増えてにぎわってきたにも関わらず、商店会がなかったんです。ネットワークがないために、地域との関わりもいまいち少なかったんですよね。

それで、老舗の懐石料理屋さんなどを中心に「北鎌倉の商観光を考える会」という商店会ができて、私もその発起人のひとりになったんです。私は職業柄、あっちこっちに移動するのが仕事ですから、業種を越えて色々なお店のオーナーさんと顔見知りだったんです。そんな立場を生かして、商店会の運営について多くのことを手伝わせていただきました。

商店会というものがないと、景気が悪くなったときにみんな「うちのお店やっていけるのかな」って不安になるんですよ。でも商店会で横の繋がりができて、他のお店さんの様子が分かると安心するんですよね。それと同時に、自分たちがお店を構えるこの地区をもっと良くしていこう、という気運が醸成されるんです。

そうやって共有する志みたいなものがあると、「こういう街にしていこう」「こういうことができたら良いよね」って前向きな話もできるわけです。

私は店舗を持たない人力車稼業ですし、鉄砲玉みたいなもんでしたから、一軒一軒回って情報を共有したり、新しいお店ができると商店会へお誘いしたりと、連絡係のような立場でお役に立てたんじゃないかなと思います。

今でもそうですけれど、当時から北鎌倉駅周辺は、住宅兼店舗でお店をやっている人が多かったんですよ。だからお店とお店のお付き合いが、自然に住民と住民とのお付き合いにもなってくるわけです。そうなると、お店同士としての商売上の情報交換だけではなくて、住民としての目線で物事を見られるようになるんです。

観光シーズンになると、道路にゴミやタバコの吸い殻が散乱したりとか、マナーが問題視されることもあったんですよね。そうなると商店会で企画して、みんなで美化運動だとか、清掃活動をするんです。そういう姿勢を、お店をやっていない住民の方々も見てくれるから、商店会に対しても理解を示してくれます。地域住民の方々と共存共栄していくのは、商いの基本ですよね。

私は結婚を機に雪ノ下へ移ってきましたので、「北鎌倉の商観光を考える会」は退会してしまいました。この商店会もかつての勢いがなくなってしまったのが、少し寂しい気がします。ピーク時は、四十軒ほどのお店が参加していましたからね。

北鎌倉も当時より今の方がお店の数自体は増えていますから、街が一体となって、もっとその魅力を発信していくような動きが出てきてくれたら嬉しいですよね。

「茶房有風亭」のはじまり

平成二十四年に山ノ内から雪ノ下に引っ越してきました。こちらでは、一階部分を店舗として「茶房有風亭」を営業しています。女将は私の妻です。

元々、この物件は「甘味処ことのは」さんというお店で、私も開業当初からよく立ち寄っていたんですよ。雰囲気の良いお店だなぁと思っていて、ずっとお気に入りだったんです。

オーナーさんとも親しくさせていただいて、個人的なお話などもする間柄だったんですよ。ある時、「もう年だしお店を続けるのは大変だから、誰かここを借りてくれる人でもいればいいのだけど」ということをおっしゃるんです。

ちょうどこの頃、私も結婚をして、茶道と着物の先生をしております妻が「和」をコンセプトにしたお店を開きたいと、漠然と考えていた時だったんです。それでオーナーさんにそのお話をしたら、「じゃあお貸しするのでやってみませんか」ということになりました。オーナーさんの意向と、私たちの希望が、タイミング良く

茶房有風亭。落ち着いた和の空間が楽しめる。

一致したんですよね。

巡り合わせってこういうことをいうんでしょうね。そういえばこれまでの人生を振り返ってみると、「こうなるといいな」というのを無意識のうちに実現してきているような気がします。ちょうど良いタイミングでご縁に恵まれることが多くて、本当に不思議に思います。

そういうわけでこの「茶房有風亭」を開業して、現在に至ります。「和の魅力を気軽に楽しめる空間」ということで、落ち着いた雰囲気の店内でお抹茶と上生菓子をお召し上がりただけるほか、着物レンタルと着付けもご体験いただけます。八幡さまのすぐ西側という、小町通りなどとは違って目立つような立地ではありませんけれど、うわべだけではない、本物の和の心をお楽しみいただけるとご好評をいただいているんですよ。

ここではお店の営業と並行して、様々な講座やイベントを頻繁に開催しています。テーマは茶道、歴史、古典文学、俳句など、鎌倉だからこその「和の文化」という共通キーワードがありつつも、内容的にどんどん枝が広がっているところです。鎌倉にいっしゃる方々の中には、こうしたテーマに関心があって、共感してくださる方がたくさんいらっしゃるんですよ。

最初はコーディネーター役である妻の人脈で講師の方々をお招きしていたんですけれど、年数を重ねるごとに、ご参加いただいた方の中から「今度はこんなテーマでやったらいかがですか」とか「こういう先生がいらっしゃるので、今後ご紹介してもいいですか」というお話をいただいて、どんどんテーマが派生していったんです。お越しいただく先生も素晴らしい方ばかりで、本当にありがたく思っています。

例えば先日、長寿寺さんの境内を会場にして行われた講座では、着物専門誌の副編集長をなさっていた富澤輝実子先生にお越しいただきました。この方は早稲田大学の「きもの学」という講座でとても人気のある方です。

そういう先生がわざわざ鎌倉まで来てくださって、ご自分で持参した着物を見せてくださるというのは、参加者の方々にとっては滅多にない機会なんです。本来はものすごいギャラをお支払いしないといけないのに、先生は、妻が儲け主義でやっていないということを分かってくださっているので、「交通費だけいただければ結構ですよ」とおっしゃるんです。

それに、参加者の方々が本当に着物が好きで、学びたいという意欲をお持ちだということも、先生は分かっていらっしゃるんですよね。やはりその道を極めていらっしゃる方というのは、本質的にはお金で動くのではなく、気持ちで動いてくださるんだなと感じています。心意気を持ってやっていると、心意気でお返ししてくださるんです。

鎌倉の持つ文化こそ魅力

どんな講座やイベントにしても、ただ多くの人を集めれば良いという考えではないんです。参加者の数の多さではなくて、どれだけクオリティの高いことができるか、ということが大事ですよね。足を運んでくださる参加者の方々も、学ぼうという知的好奇心が旺盛で、質に価値を求めているような方ばかりです。その中で新たな交流が生まれたりとか、今までになかった発想が出てきたりもしています。

私も、ひとりで人力車を引いていた頃に比べて、ネットワークが何倍にも広がりました。その中で新しいご縁に恵まれたりと、こういうところが鎌倉という街の懐の深さでもあると思うんですよね。

嬉しいことに、最近はカフェなどでワークショップを始めたり、イベントを開催するところが鎌倉にも増えてきていますよね。鎌倉市民の方々にも、観光でいらっしゃる方々にも、そうした「体験」をご提供できるのはすごく良いことだと思います。あちこちのお店さんでそういうことをやっていれば、鎌倉にいらした方々の満足度も上がるわけですからね。

満足度が高くて、気に入った街になると何度も来たくなりますよね。鎌倉にいらっしゃる方々はリピーターが多いと思いますけれど、今お話ししたような「体験」型の楽しみに対して関心が高い方々ばかりだと感じています。

それがほかの街にはない、観光都市鎌倉としての魅力の底上げにもなるんじゃないかなと、最近すごく感じるんです。鎌倉にはそれだけの文化的土壌がありますし、しかも多種多様な人材の宝庫なんですよ。もっともっと、発信していけたら良いなぁと思っています。飲食や土産《みやげ》のような「モノ」にお金を払うだけじゃなくて、「コト」にお金を払うという発想ですよね。私が始めた観光人力車というのも、元をたどればそんな発想から始まっているんです。

小町通りあたりを食べ歩きで散策するのも、確かに楽しみのひとつではありますよ。目的があっても、なくても良い。それが旅の良さだと思いますから。

でもそれと同時に、せっかく鎌倉にいらっしゃるのに、それだけではもったいないな、と思うこともあります。特に何度もお越しいただいている方には、さらに一歩踏み込んで、より深くこの街を楽しんでいっていただきたいと思います。

ひとりでも多くの方に、鎌倉の新たな魅力を発見していただけたら、というのが私の願いなんです。

若宮大路　湯浅物産館前にて。

エピローグ

映画になった人力車

平成三十年一月。夜半からの寒さが残る早朝の浅草に、青木の姿があった。短編映画『力俥‐RIKISHA‐』の続編の撮影に立ち会うためだ。青木は、鎌倉が舞台の第一作から、人力車の技術指導という立場で制作に携わっている。

総勢二十名近くのスタッフが準備を進める中、浅草リトルシアターの前にて入念なリハーサルが行われていた。

「関さん、車夫の仕草がずいぶんと板についてきましたね。これなら今すぐにでもお客さまを乗せられますよ」

寒さで鼻頭を赤くした青木が、主役を務める関智一と談笑していた。関が演じる主人公・武凛太郎《たけりんたろう》は、青木がモデルとなっている。性格などキャラクター設定こそ実在の青木とは異なるが、劇中で描かれる車夫としての所作や哲学は、まるで青木を見ているようで思わず頬が緩む。

この『力俥‐RIKISHA‐』シリーズは短編作品ながら、フランス映画から

浅草での撮影現場。

第一作のパンフレットと DVD。

の影響すら感じさせる、愛とユーモアに溢れた傑作だ。人情味のあるキャラクター描写と、あえてすべてを描かないことで、登場人物の心情に含みを持たせる脚本の秀逸さが光る。

なんといっても、随所に見られる何気ない街のカットや引きで見せる背景など、撮影地の魅力を巧みにスクリーンに映し出しているのが素晴らしい。第一作を観た観客が口を揃えて「鎌倉に行きたくなった」と言っていたのもうなずける。

『力俥』誕生の経緯

この作品は、どのようにして制作されることとなったのだろうか。その経緯を紐解いてみると、いくつかの偶然の巡り合わせがあったことが分かる。

監督のアベユーイチは、鎌倉を舞台にした作品を撮りたいと常々思っていた。一方、脚本家のむとうやすゆきは、車夫を題材にした作品の構想を練っていた。人力車は絵になるモチーフであり、日本の原風景に合うところに大きな魅力を感じていた。調べていくと、「青木登」という名前がやたらと出てくる。そして青木について知れば知るほど、その生き様や仕事ぶりに心惹かれていった。いつしか、むとうにとって青木は憧れの存在となっていた。

そんなアベとむとうを引き合わせたのが、この作品のエグゼクティブプロデューサーを務める漫画家の真崎春望《さなざきはるも》だ。彼女は海外での文化交流活動を二十年以上続けており、世界各地に様々なコネクションを持っている。

「アベ監督とは、東日本大震災復興の二十四時間チャリティイベントに出させていただいた際に出演時間の枠が同じで、そこで初めてお会いしました。その時は何もなかったんですが、しばらくして知人にお招きいただいたコンサートに行ったら、これまた偶然、お隣にアベ監督がいらしていて。その後、お酒の席でご一緒させていただきまして、その席で、アベ監督がファンだというむとうさんの話題で盛り上がったんですね。私は元々むとうさんとお知り合いだったので、ご紹介しましょうかというお話をしたら、すごく喜んでくださったんです」

こうしてふたりを引き合わせた真崎は、その席である提案をした。フランスのニースで開催されるイベントで時間とスペースをもらっているから、ふたりのコラボレーションで短編映画を撮って出品してはどうか、と。

むとうは、温めていた自らの構想について語った。人力車のこと、鎌倉にいる青木という職人的な車夫のこと。アベは、むとうの話に強く惹かれると同時に「鎌倉」というキーワードにピンときた。積年の願いが叶う。そう直感し、意気投合した。トントン拍子に具体性を帯びていく話に、真崎は興奮を隠しきれなかった。

「むとうさんもアベ監督もすごく盛り上がって、もうその場で企画が走り出した感じです。私は本業が漫画家なのでプロデューサーとしては新米ですが、このような機会をご提供できて、幸運にも恵まれたなぁと思います。あの時たまたまアベ監督とお知り合いになれていなかったら、むとうさんが人力車について調べていなかったら、おふたりを引き合わせていなかったら、この企画は生まれていないんです。運命だなんて安易に言いたくはないですが、そういう言葉を使わざるを得ないくらい、不思議な糸のより合わせで実現したんですよね。だから私にとって特別な、とても大切な作品なんです」

街を愛する、思いをかたちに

映画製作の話が決まるとすぐに、フットワークの軽いアベは鎌倉へと向かい、街の中に青木の姿を見つけると、思い切って話しかけた。アポなしでの訪問だったが、ことの経緯を説明し、自らの思いを話すと、青木はその場で映画制作への協力を快諾した。日を改めて、むとうと真崎も青木のもとを訪ねた。憧れの人に会えたむとうは、緊張のあまり記念撮影の際も顔が引きつったままだったという。

撮影当日になると、約束通り青木は協力を惜しまなかった。人力車の技術指導にとどまらず、鎌倉の観光案内ルート、名所旧跡の見どころなど、街に関することを全面的に監修した。現場ロケの間も、撮影スタッフに帯同して助言を送り続けた。

青木の印象を、真崎はこう語る。

「人間の力というものをすごく感じさせてくれる方ですよね。自分自身の力で生きる姿勢を貫いているというか、まっすぐ筋の通ったこだわりが魅力なんだと思います。例えば日本に来た海外の方に『日本人ってすごく良いですね』と言わせるだけの何かが、青木さんには失われずに残っていると思うんです。これは、ずっと変わらない鎌倉の街の良さにも通じるところがあるように感じます」

真崎は学生時代、何年か続けて年末年始を家族と鎌倉で過ごした。かつて亀ケ谷《かめがやつ》坂切通《ざかきりどお》しの脇に存在した老舗旅館・香風園《こうふうえん》に宿を取り、歴史好きだった父とともに市内各地を巡った。青木に会うと、亡き父の姿と重なるとともに、あの時感じた鎌倉の空気が、ふっと心の中に蘇ってくるという。

「私の父も、世の中をうまく渡るようなタイプではなかったので、不器用なまっすぐさみたいなものが青木さんと重なるところがあるんです。それに、人力車というのは自分の体を使ってお客さまを運ぶお仕事ですから、やっぱりただのお金儲けではできないですよね。お金以上の強い思いがないと。映画製作というのもビジネスととらえてしまうと厳しい部分ばかりですが、この作品に関しては儲けではなく、文化事業として心を合わせてやっているんです。だから、青木さんにも恥ずかしくなくお手伝いいただくことができたと思います」

映画では鎌倉を拠点とする車夫の姿を描いているが、続編では舞台が草津、浅草へと移っていく。今後も、真崎をはじめ製作スタッフは地方都市を舞台にシリーズを撮り続けたいという。観光ビデオやキャラクターを用いるのもいいが、こうしたつくり手の魂がこもった映像作品によって地方の魅力を国内外にアピールすることは、その街の文化を再発見し、守ることにも繋がる可能性を秘めている。

「自分の愛する街が持つ文化を、大切に守りたい」という根源的な青木の思いが、映画というメディアを媒介に鎌倉を飛び出して各地に伝播していったとしたら、それは素晴らしいことだ。そして各地の街から青木のような思いを持つ人材が出てくれば、日本の地方都市はもっと元気に、活気ある姿に生まれ変われるかもしれない。

鎌倉は歴史があり、ロケーションにも恵まれているから特別だと思う向きもあるだろう。しかし、最初から特別な価値のある街など存在しない。先人たちの知恵があり、そこに住む人、関わっていく人が、街をつくるのだ。青木の姿を見ていると、そんなことを考えさせられる。

鎌倉には青木さんがいる

前著『人力車が案内する鎌倉』（光文社新書）の中で、当時五十五歳だった青木は「七十歳まで仕事を続けることが目標だ」と語っていた。その七十歳を迎えた今、今後の夢について尋ねると、青木は即答した。

「それはもちろん、百歳まで生きて、九十歳まで人力車を引くことです」

そう語る表情は、真剣そのものだ。

「いえ、これは夢というより、新たな目標なんです。決して難しいことではないと思っています。そのために何をすべきか、具体的に考えているんです。まず、健康でいるために食事と睡眠、筋力トレーニングは疎《おろそ》かにしないこと。常に自分の体と対話して、疲労を翌日に持ち越さないこと。そして細かいことにはこだわらないで、大らかな気持ちで生きること。これが大切だと、日々自分に言い聞かせています。つまり、今までと変わらない生活をこれからも続けていく、ということですね」

一見すると当たり前のように思えるかもしれないが、言うは易《やす》く行なうは難《かた》し。青木は口先だけではなく、車夫を始めた当初から今日にいたるまで、これを実践し続けている。

例えば筋力トレーニングにしても、分量は若い頃より減らしたとはいえ、自分に課したメニューを毎朝欠かさずにこなしている。なんらかの都合で朝にできなかったとしたら、その日のうちに必ずやる。この徹底ぶりには妻も呆れるほどなんです、と青木は笑う。そんな話を聞いていると、「百歳まで生きて、九十歳まで人力車を引く」という突飛に思える言葉も、なんだか現実味を帯びてくるから不思議だ。

昭和の頃に走り始めた青木の人力車は、今、平成の世を駆けぬけようとしている。自身の言葉通り、彼はこの先何年も走り続けることだろう。これまで出会ってきたすべての人々に対する感謝の気持ちを乗せながら、ただひたすらに、人力車を引き続ける。

花びら舞う桜の下を、目に眩しい新緑の木陰を、鮮やかなあじさいの前を、燃えるような紅葉の下を、透き通るような冷たい空気の中を――四季折々の鎌倉の風景に溶け込む青木の姿は、今日も変わらず、そこにある。

青木と言葉を交わせばきっと、その屈託のない笑顔ですぐに打ち解けるはずだ。そうすれば、初めて鎌倉を訪れる人でも、長年住んでいる人でさえも、今まで自分では気がつかなかった、この街の魅力に触れることができるだろう。

今度の休みは、鎌倉の街をゆっくりと歩いてみよう。そして、街の中で彼の姿を見かけたら、「青木さん」と声をかけてみよう――。

あとがき

幼少の頃から鎌倉に住んでいるにも関わらず、恥ずかしながら青木さんのことを知ったのは私が高校生になってからでした。「個人営業をしている昔ながらの車夫さんが、苦境に立たされている」という話を父から聞いたのがそのきっかけです。

それからずいぶんと時が流れ、出版業界の端の端で細々と仕事をしていた私が「本づくりを始めよう」と決意した時に、真っ先に思い浮かんだのが、青木さんのことでした。

会社を辞め、身ひとつで新しい事業を始めたという経緯に強いシンパシーを感じていましたし、その職人的な仕事ぶりと実直な人柄が、多くの人を勇気づけてくれるに違いないと考えていたからです。

取材を申し入れるために初めてお会いした時、怒られはしないかと内心どきどきしていた私に対して、青木さんは開口一番、

「あなたのような人が来るのを待っていたんです」

と、明るく笑いながら言うではありませんか。その翌年（つまり今年）に創業三十五周年を迎えるので、記念として書籍化の話が来ないかとちょうど考えていたところだったそうです。こんな立ち上げて間もない弱小出版社の企画を承諾していただいたのもさることながら、何よりその笑顔に救われたことをよく覚えています。

青木さんと奥様には取材のたびに夜遅くまでお付き合いいただき、ただただ感謝の気持ちでいっぱいです。本当にありがとうございました。

また、本書の制作に多大なるご協力をいただきましたオフィス六丁目の永良明様、力俥亭のアベユーイチ様、むとうやすゆき様、そして真崎春望様には、この場を借りて、深く感謝申し上げます。

本書をきっかけに、ひとりでも多くの方に青木さんのことを知っていただき、また、鎌倉のことを好きになっていただけたら、これ以上の喜びはありません。

平成三十年三月　イチミリ編集部　古谷聡

鎌倉
有風亭
鎌倉人力車

鎌倉人力車 有風亭
営業のご案内

13 分コース ····· ２名様で ￥ 3,000

30 分コース ····· ２名様で ￥ 6,000

60 分コース ····· ２名様で ￥10,000

◆事前予約制にて承ります。　電話：090-3137-6384

◆通常運行時（ご予約がない時）は、市内で客待ちをしております。お気軽にお声かけください。
（料金はご予約と変わりません）

◆７月下旬～８月下旬は夏季出張につき、草津温泉にて営業しております。

◆お声かけいただければ、鎌倉以外でも出張に参ります。

鎌倉には青木さんがいる
老舗人力車、昭和から平成を駆けぬける

2018年3月26日　発行

著　者　青木登《あおきのぼる》
発行者　古谷聡
発行所　有限会社1ミリ
〒248-0025 鎌倉市七里ガ浜東5-10-19
電話 0467-31-2829
印刷所　モリモト印刷株式会社

乱丁、落丁本はお取り替えいたします。

ISBN 978-4-909166-00-5

ichimilli